エベレストには登らない

角幡唯介

小学館

本書はビーパル 2013年8月号から2018年8月号
までの連載を、加筆・修正のうえまとめたものです。

エベレストには登らない

目次

第一章　山に登る。冒険をする

第二章

極地を旅する王道

第三章　新しい世界の創出

第四章　自然と対峙する感覚

第一章

山に登る。冒険をする

山の判断　人生の決断

先日ある通信社の記者と酒を飲む機会があった。私が新聞社に勤めていたときからの知り合いで、大学時代は山岳部で活躍していた男だ。その彼が暇な部署に配属され、書きたいことも書けないとぼやいていた。昔はヒマラヤに感動し、好きな女に長文の手紙をしたためたものだが、齢を重ねて仕事で感受性が擦り切れたせいか、もはやそんな情熱のたぎった文章も書けなくなった。会社などすぐに辞め、そのうち作家になって好きな道を歩むと決めていた若いころの野望も今はいずこ、妻と三人の子供を抱える身となっては固定収入が失われた生活など考えられない。

「俺も変わったな」。そうつぶやき、彼は私に訊いた。

「会社を辞めて後悔したことは一度もないのか」

「一度もない」と私は言った。

この質問は、なぜ退社したのかという質問と共によく訊かれる。自慢ではないが私が勤務していた新聞社は給料もよくて社会的なステータスも高く、仕事もある程度自由がききスナックのおばさんからもチヤホヤされた。しかし私は退職したことに関して、後悔という言葉が頭をよぎったことすらなかった。

後悔したことがないのは私が順調だったからにちがいない、と知らない人は思うかもしれない。たしかに私は退社二年でデビュー作を書き、しかも比較的高い評価をえた。今は好きな探検を作品化することで、とりあえず生活はできている。幸運だったと思う。だが私にも先の見えない時代というのはあった。ただ探検がしたいという子供の駄々みたいな理由で会社を辞めたため、初めの二年間は収入が事実上ゼロ。探検をして、本になる見込みもないのに長編作品をただただ執筆する毎日。年齢は三十をとうに超えているのに、過去の青春に縛られ夢を追い求める痛い生き方である。「普段は何しているんですか?」と訊かれるのが最大の苦痛で、「執筆」と答えるのが猛烈に恥ずかしかった。

だがそれでも悔やんだことはなかった。そしてそんな生活に行き詰まり、人生のまっとうな道から転落したとしても後悔だけはしなかっただろうという自信もある。

＊

判断とか決断について考えることが多い。その飲み会の帰り道、自転車で飯田橋の交差点を走りながら、〈いい人生〉とは何か考えた。いい人生とは結果がどうあれ、決断できた人生のことをいうのではないだろうか。だとしたら人生と登山には似たところがあるのかもしれない。

人生と登山には（そして旅にも）共通点が多いが、判断とか決断はその最たるものだろう。納得のいく登山について考えてみると、それは必ずしも登頂できたかどうかという点にあるわけではない気がする。たとえば連日晴天に恵まれ予定より早く登頂を終えたような登山は、どこか物足りない。楽しくて気持ちいいのだが、これは本当のこの山の姿ではないなどと思ったりする。逆に心に残る登山とは厳しい天候のなかで前進を決断し、雪と一進一退の攻防を繰りかえしながら山頂を極め、吹雪が再び襲来する前に下山するというような登山だ。登頂できなくてもうまく下山できただけで「あの山はすごかった」などと言う。

いい登山とはすごい登山だ。それは威圧的な自然の中で自分を明確に位置づけられるような体験である。そしてその核となるのは、やはり自分が自然のなかでくだした適切な判断となるだろう。登山や冒険というのは天候やルート状況、肉体や精神、技量、装備や食料事情など様々な要素を瞬時に判断しながら頂上やゴールを目指すゲームである。同じ登山でも自分で判断をくださない登山には冒険的な価値は薄く、それはガイド登山を考えてみるとわかる。たとえエベレストを登るにしても、公募登山でガイドに登頂の是非を判断してもらっては、スポーツや観光としての価値はあっても、行為としての価値は低い。『地球の歩き方』を片手に観光地を回る旅をスケールアップしたようなものだ。

*

人生にもこれと似たようなところがある。私が食いっぱぐれて人生が行き詰まったとしても会社を辞めたことを後悔しないだろうと断言できるのは、次のような体験があったからだ。

退社した翌年の冬、私は学生時代からの個人的な課題であったチベットのツアンポー峡谷の探検に向かった。ヒマラヤ山脈の東の果てにある、中国政府が世界最大と主張する峡谷である。単独で谷底を這いつくばり、藪草と堅い灌木をかき分け、いくつもの障壁を乗り越えて峡谷の奥へと向かった。二週間が過ぎたころに天候が急変し、湿った雪が降りつづいたため洞穴で数日間避難した。そこで食料が足りなくなったこともあり、私は生きのびることを最優先し村に逃れることにした。雪がやんでからすぐに脱出行を開始し、深いラッセルをして雪の峠を越え、不快な密林を泳ぎ、急崖を越えた。二十二日目を過ぎたときから急に空腹で身体が動かなくなったが、村は間もなくだったので歯を食いしばって前進した。そしてついに二十三日目に再びツアンポー川の断崖のうえに到着した。川の対岸に目指す村があった。しかしそこで呆然とした。川には、そこにあるはずの橋が架かっておらず、村に行けないことがわかったのだ。もはやこれまでか……。そのとき、私は明確に死を意識し、野垂れ死にする自分をざらりとした感情とともに思い浮かべた。

しかしこのときも後悔はしなかった。ダ

ツアンポー峡谷の旅で使ったファイントラック「ツエルトII」。激安のピクニックシートをタープ代わりに活用した。

メだったんだ。もう死ぬかもしれないんだ、とは思っても、こんなことをしなければよかったという思いは一瞬たりとも私の脳裏には浮かばなかった。

後悔しなかったのは、生きのびることに必死で過去を振りかえる余裕がなかったからだろう、という指摘はさておき、個人的には、この探検が自分の人生の引けない決断だったからだと思っている。この探検のために会社を辞め、いろんな不安を振り切って、それでも……と決断した。だから死を前にしても後悔しなかったし、物書きになれず人生において坂道を転げ落ちていたとしても、それは会社を辞めなかった人生よりもいい人生であると断言できる。

今でもまだ同じような決断を迫られる瞬間を待ち望んでいる自分がいる。時々、そのことに気がつき、少しうすら寒くなることがある。そしてもしかすると、登山や冒険とは、この人生の決断を意図的に疑似体験し、まっとうな道から外れないように軌道修正するためにあるのかもしれない、などと思ったりもする。

辛坊さんが救助されるのは当たり前

ニュースキャスターの辛坊《しんぼう》次郎さんが、盲目のセーラー岩本光弘さんとヨットで太平洋横断に挑戦し、宮城県沖で遭難したというニュースを聞いた（二〇一三年）。原因はクジラが衝突したことともいわれているが、実は私自身、この話が世間で盛り上がっていた最中は沖縄での取材で忙しく、騒動の顛末《てんまつ》をよく知らなかった。後から週刊誌を読んでくわしい内容を知ったのだが、報道によれば救助費用に四千万円の公金が投入されたともいわれる。こうした遭難騒ぎで公費負担が発生すると必ずわきあがってくるのが、いわゆる自己責任論だ。辛坊さんは二〇〇四年に高遠菜穂子さんらがイラクで人質事件に遭い救助された際、この自己責任論を持ち出して彼女らの行動を批判したらしいが、今度は自分が当事者になり「反論の余地もない」と弁解したという。

＊

この自己責任論だが、簡単に説明すると、ヨットにしろイラクにしろ、こうした危険を伴う冒険的行動は、危険が事前にわかっていたにもかかわらず自分の意志で行ったのだから、その結果に対しては自分で責任を負わなければならない、ということになると思う。自分の意志で行った以上、行為者は必ず自分の力で戻ってくる責任がある。もちろん、これは冒険に際して第一に守られなければならない倫理的規範だ。ここまでは当然の理屈で、誰にとっても納得できる明快な論理だろう。

しかしその先から話はややこしくなってくる。現実として冒険では自力救助が不可能になるケースがある。つまり遭難と呼ばれる状態だ。自分で帰ることができなくなった以上、自己責任の原則を厳密に適用したら、彼あるいは彼女は死ぬしかない。だが社会はそこまで冷たくないので、たとえば遭難してＳＯＳを出している船舶には救助の手が差し伸べられる。そのときに海上保安庁の船や飛行機が出動すると、燃料代などで多額の税金が乱費されることになり、週刊誌や世間は個人の勝手な行動で公費が使われるのはケシカランと自己責任論を持ち出し、批判の矛先を向けるわけだ。

＊

一見もっともらしく聞こえる自己責任論であるが、しかし話はそれほど単純ではない。辛坊さんが救助されるのは、冒険者としては格好悪いことであるが、日本国民としては当たり前の権利だともいえるからだ。

そもそも自己責任が伴わない行動など、今の社会にはほとんど成立しえない。たとえば車に乗って自損事故を起こし、瀕死の重傷を負って救急車に救助されるケースを取ってみても、事故を起こす可能性は事前に十分想定できるし、もちろん自分の意志で車に乗ったわけだから、自己責任論的な理屈からすると自損事故の当事者が公費で救助されるのはおかしいということになる。酒に酔って車にひかれる場合も同様だし、極論すれば町を歩いていて持病で倒れることさえ自己責任となりかねない。

明確に自己責任ではないといえるのは、徴兵など国家に強制動員された場合ぐらいで、あとはほとんど自分たちの意志、責任において行動している。私たちはある一定以上のリスクが存在することを前提に社会で暮らしているのだが、すべてのリスクに対して自分の責任で対処することはできないので、税を納め相互扶助による行政サービスを享受することでリスク処理に対する負担を軽減している。

考えなくてはならないのは、どの場合なら行政サービスを享受できて、どの場合ならできないと線引きすることは危険だということだ。なぜなら、それは国民の自由の侵害に相当する可能性が出てくるからである。

先ほどのように車で自損事故を起こした人が救助されるのは妥当だが、海で遭難する人の救助に公費を使うのは妥当ではないとなると、これは行政側、国家権力側が特定の基準をもって国民の行為の妥当性、非妥当性を評価することにつながる。つまりある行為が国家にとって有用か否かを基準に選別されかねないわけで、冒険行為が表現活動の一環だと考えた場合、このことは憲法で保証されている国民の表現の自由に抵触しかねない。国民の生命財産を守ることが国家の最低限の役割である以上、原則としては、どのような事情であれ国民が救助を必要としている限り、国家は手を尽くしてその生命を救わなくてはならない。自動車の自損事故であろうが、イラクの人質事件であろうが、どこかに線引きをしてはいけないのである。

＊

だいたい辛坊さんは、これは推測だが、あれだけ売れっ子でテレビも出て、本も書いて、相当収入もあるはずだから、納税額はかなり多額なはずだ。税金を納めない人間が公費で救助されたら──税金を納めないことは国家のシステムを否定する意思表示と考えられるのである──厚かましいと非難されても仕方がないが、辛坊さんぐらい税金を納めている人が救助されるのは当たり前といえば当たり前だ。たいした税金も納めていない外の人間がとやかく言う筋合いの話ではない。何度でも救助されればいいのだ。

要するに自己責任論というのは公費負担の問題というより、明確な危険を伴う活動を国民の意志として肯定的に捉えるか、否定的に捉えるかという点に焦点化される。リスクを背負って外に踏み出す個人の行動

2012〜'13年の冬期に北極で着用した防寒具、マーモットの「8000Mパーカ」。氷上でダンピア『最新世界周遊記』を読書中の図。

を、社会からはみ出したケシカラン活動として切り捨てるか、前向きな価値を認めるかという問題に収斂されるわけだ。

イラクの人質事件や、イスラム原理主義のテロ組織に若い旅行者が首を切られた事件の際、日本社会は全体的に彼らの行動にひどいバッシングを浴びせた。そのことからもわかるように、日本人は集団から飛び出して、常識として容認できるシステムの外に出る行為に、否定的な視点を持っている。

イラクで捕まって身代金を要求された。ヨットで遭難して死にそうになっている。同じ日本人なのだから当局が助けるのは当たり前なはずなのに、当事者は必ず非難される。感覚的に車の事故者を救助することは公共の福祉の範囲内に収まるが、ヨットによる遭難者を救助することは公共の福祉の外にあると捉えているのだろう。極端ないい方をすれば、私たちはこれら遭難当事者に対し、救助にかかった経費をすべて支払うか、潔く現場で死ぬことを求めている。あるいは救助されるような行動をとらず、家で大人しく正座でもして黙っていなさいと言っているわけだ。今の若者は閉塞的で海外にも旅行しなくなったし、元気がないなどと言いながら、そのような雰囲気を作り上げて自由に行動する気風を奪ってきたのは、この社会そのものである。

登山はスポーツか旅か

この前、ヒマラヤとカラコルムの八千メートル峰にすべて登頂した登山家の竹内洋岳《ひろたか》さんと神保町の書店で公開トークショーをする機会があった。竹内さんがＮＨＫ新書から本を出版したのにあわせて開かれたもので、版元のＮＨＫ出版から対談相手として私が指名されたわけである。

竹内さんとは満更知らない仲ではなかったので、はじめて会ったときのエピソードなどを交えつつ、笑いにつつまれたなかで会話を楽しむことができたが、ただ一点だけ意見が食いちがうところがあった。それは登山がスポーツか否かということだ。竹内さんは登山はスポーツだと断言したが、私はそうではないと思うと反論した。ただ、こうした抽象的な論点で議論を交わしてもお互いの登山観や人生観が絡んでくるので答えはなかなか出ないし、公開トークショーはお金を払ってきてくれたお客さんに楽しんでもらうというプロレス的な性格が強いため、セメントでお互いの意見を応酬しあうより、安全に受け流せるような会話を投げあって笑えたほうが聴衆の方にも親切である。そんなことから、私はこの話題を長く引っ張ることはしなかったが、しかしせっかくの面白い論点なので、今回は登山がスポーツなのかどうかについて私見を述べてみたい。

＊

まず登山云々の前にスポーツとは何かということについて考えてみたい。

私の考えではスポーツとはある一定数の人が活動していることと、舞台が整っていることの二つが成立条件になってくると思う。一定数の人がいることはいいとして、問題は後者のほうだ。舞台が整っているというのは、一つには文字どおり競技の舞台が用意されていることを意味する。野球でいえばスタジアム、ボクシングならリングだ。屋外でおこなわれる競技も、マラソンやトライアスロンなどは決まったコースから外れると失格になるので本質的には施設内と同じだ。また舞台が整っているということは、主催者により競技者の安全が――たとえそれが名目的であっても――確保されていることも意味している。ボクシングでは二人のファイターが野放図に死ぬまで殴りあうわけではない。事故で亡くなることはあっても、そうならないようにルールを設けて制限しているわけで、これもスポーツの舞台性を形成する重要な要件であろう。

そう考えるとトレイルランニングや山岳マラソン、アドベンチャーレースなどは、登山と同じように山や自然を競技の場とはしているものの、明確にスポーツだと規定することができる。マラソンなどと同様コースが決まっているし、万が一の事故や急病に備えてスタッフや医療関係者が各所に配置されている。もちろん自然が舞台なので亡くなったり怪我したりするリスクはあるだろうが、そうならないように主催者は全体に配慮の網をかぶせている。またゲレンデクライミングも、岩場の開拓者がルートを整備したりトポ（ルート図）を発行したりして安全の確保やルール作りに取り組んでいることなどを考えると、スポーツだと考えてよさそうだ。

＊

さて登山はどうだろうか。登山の場合ももちろん舞台はあるが、それが整っているとはいいにくい。登る山とルートが決まっていたとしても、当日の天候やルート状況によっては変更することが頻繁に起こるし、長い縦走や継続クライミングの場合などは、千変万化する自然状況に柔軟に対応してルートを変更したり、エスケープしたりすることのほうがむしろ多いぐらいだ。それどころか、途中で目標を変更してまったく別の山に登る、などということもないわけではない。これがスポーツだったら完全に失格だが、登山では予定通りに登れなくても必ずしも失敗というわけではない。そしてその融通無碍《むげ》なところが登山の魅力だったりもする。

それに登山にはゴミを捨てないだとか、岩には無駄にボルトを打たないなどといった倫理はあっても、スポーツにあるような堅苦しいルールや行動範囲を縛りつける規制は、今のところ存在しない。どの山をどのように登るかは個人の好みや技術、体力に応じて思い思いに決定することができる。また当然、主催者がいるわけではなく、自分で安全を確保しながら登ることが原則となる。つまり登山とはスポーツのように第三者が舞台を整えてそこで競技するものではなく、自分で舞台を拵《こしら》えておこなう自己完結型の行為だといえる。

＊

ではスポーツではないとすれば何なのか。私はその本質は旅だと考えている。

旅の本質とは何か考えてみると、それは今日の判断が明日の自分の成り行きを決定するような時間の流れのなかにある。たとえば、とある国を旅していたときにAという町にたどりつくとする。本当は明日にでもB町に移動するつもりだったが、A町がすっかり気に入ってしまったので二週間ほど居つくことにした。すると町の食堂で少し怪しげだが気のいいXという人物と親しくなり、C町に日本への留学経験のある友人がいるから会いに行かないかと誘われた。しょうがないからとC町に行ってみると、その留学経験のある友人の娘がたいそう美人で……というのが典型的な旅である。

　このように旅とは予定調和に終わらず、その場の状況や判断によって内容が次々と更新されていくのを本来の姿としている。よくいえば放浪、悪くいえば行き当たりばったりこそ、旅の本質だ。旅をしたときに自由だと感じられるのは、外国に行くこと

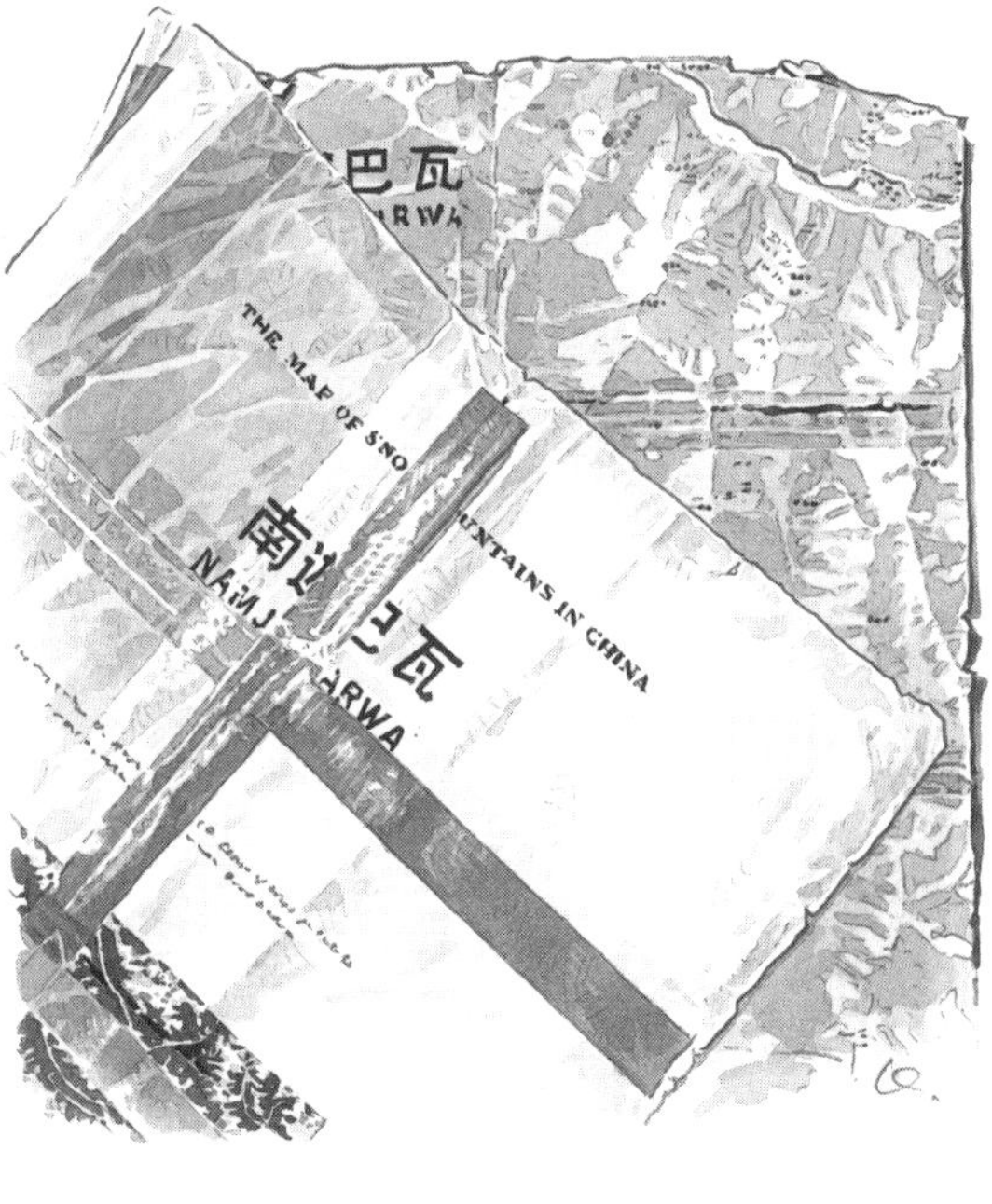

チベットのツアンポー峡谷で使用した「ナムチャバルワ」（標高7782m）の地図。縮尺は10万分の1。ガムテープで補強して使用した。この山行がいかに「旅」であったかについては、デビュー作『空白の五マイル』（集英社文庫）をぜひご一読ください！

で日本の色々なしがらみから解放されるからではなく、むしろこの判断と成り行きの連動作業を体験できるからだろう。明日以降の自分がどうなるのかわからないなかで判断し、その結果がおのずと自分の運命に跳ね返ってくるのだから、かなり純粋なかたちでの自由がそこには達成されている。

私が登山が旅的だと感じるのはこの部分だ。登山は天候やルート状況を勘案しながら判断をくだして進めるゲームである。判断が正しければ登れるし、間違っていれば登れない。判断を間違うと登山者は最悪の場合、死という大きな代償を支払うことになるわけだから、結果として跳ね返ってくる運命の大きさを考えると、旅の最も旅的な部分を抽出したような行為だとすらいえる。

そしてその意味で、登山では旅よりもさらに高度な判断と成り行きの連動作業が経験できる。だから、享受できる自由の感覚も途方もなく大きくなる。この自由の感覚こそスポーツでは決して味わえない旅ならではの感覚であり、自由であるからこそ、登山者は危険にもかかわらず性懲りもなく山に足を運ぶのだろう。

単独行大国ニッポンの不思議

友人である北極冒険家の荻田泰永《おぎたやすなが》君から前に興味深い話を聞いたことがある。彼は若いころから北極圏を一人で橇《そり》を引いて旅をしてきたが、あるとき、旅先で出会った欧米の冒険家から「日本人はどうして単独行ばかり好むんだ？」と訊かれたという。その冒険家はこうもつづけた。「アンデスでも日本人の登山家と会ったが、その男も一人だった。いったい何が君たちを単独行に向かわせるのだ？」

なるほど、そういうことはあるかもしれない。たしかに日本人は単独行が好きだ。堀江謙一、植村直己、長谷川恒男、山野井泰史《やすし》……。冒険や登山の分野では単独行で名を成した日本人の名前が次々と浮かぶ。古い人でいうと加藤文太郎《ぶんたろう》がいるし、それに河口慧海《えかい》なんて日本冒険史上、もっともハイレベルな単独行者かもしれない。しかし欧米人となると……あまり名前は思いつかない。そしてこれは何も冒険の現場にかぎった話ではなく、バックパックをかついで貧乏旅行をする人たちを見ても、一人旅の日本人はかなり多いように思う。それにくらべると西洋人の旅行者はだいたい、仲間か恋人を連れて二、三人で旅をしているようだ。これはいったいどういうわけなのだろう。

＊

個人的な印象で述べると、単独行の旅は単独行でない旅よりも充足感が大きい。そういう感じはたしかにある。山や自然の中に入りこめている感覚が深くもたらされるのだ。その理由はいくつか考えられるが、一つにそれは、単独行に必ずつきまとう恐怖や不安の感覚と切っても切り離せないもののように思われる。

押さえておかなければならないのは、単独行は恐ろしいということだ。その恐ろしさゆえに、単独行では仲間がいるときの十倍ぐらい難易度やハードルが高くなる。二人だったら行けるところでも、単独行であるがゆえに断念することも少なくない。

私は去年（二〇一二年）から、太陽の昇らない〈極夜《きょくや》〉の世界を探検すると称して、衛星電話もＧＰＳも持たずに六分儀《ろくぶんぎ》で星を観測しながら単独で冬の北極圏を放浪しているのだが、夜中など不安と恐怖、それに変な高揚感でまともに眠れたためしがほとんどない。夜中、寝袋のなかで風でテントがばたばたと揺れだすと、それが幻聴みたいになって、いくら慎重に耳を傾けても白熊の足音にしか聞こえなくなってくる。そして最後は、不安を抑えることができなくなって、銃に弾を込めてテントから外に出て、猛烈な吹雪のなかをいるはずのない熊を探して辺りをうろつく、といったことを繰りかえすのだ。それぐらい夜中は自然に対する恐怖心が増す。シューベルトの歌曲「魔王」の心境だ。

しかし恐怖を感じるということは、自然に対して正常な反応を示せている証左だともいえる。単独で自然のなかを旅していると、理屈抜きで死というものが自分のすぐ身近にあることを実感させられる。仮に今、元気で身体に異常がないとしても、天候や状況次第では十分後に死んでいるかもしれない。そんな最悪の状況が、目の前の風景と状況のなかに、ふと見通せてしまう。このように単独行者は身近にある死の危険性に常に不安を感じて旅をしているが、それは一方で自分がダイレクトに自然と連結していることの証でもある。恐怖を感じて自分の立場に不安をおぼえているまさにその瞬間、彼は死を本質とする自然の真の姿を正確に捉えることができている。

ところが仲間がいると必然的にその感覚が少し鈍る。それは心のどこかで仲間に頼ったり、甘えたりする相互依存の関係性が生じ（信頼といってもいいのだが）、その結果、自分と自然との間に仲間という第三者が介在することになって、自然との一体化がどうしても薄まってしまうからだ。その証拠に以前、例の荻田君と四カ月近く北極圏を放浪したときは毎日ぐっすりと眠れたものだが、これは自然の恐ろしさに対して健康的な反応を示せなかったことの裏返しかもしれない。

＊

単独行とは、自分の身体をメディア化することにより自然の本質を有効に認識するための一つの作法だ。単独行者は仲間で行動する者よりも、このメディア化を著しく鋭敏にし、自らをもっと直接的に自然に入りこませようと試みる者に他ならない。そして日本人に単独行者が多いのは、自然に対する態度や接し方が欧米人と異なっていることの表出である。

単独行者が冒険に対して求めているのは、達成や到達といった一面的な成功よりも、質や深度である。自分の命を介在物にして、自然と関わる領域をどれだけ大きく持つことができるか、それが単独行者の行動の最大の課題だ。たとえ圧倒的な自然の前になすすべもなく立ちすくんだとしても、その圧倒的な自然の力をまざまざと見せつけられることに価値を見出すのが単独行者としての正しいありかたなのである。

それは人間と自然との関係性でいえば、自然を主におき、人間を従においた発想だ。そしてその根本には、自然の力の前には人間など大波にのみこまれた木の葉のように取るに足らない存在であるという世界観が前提となっている。だから単独行者は身体のメディア化を先鋭にして、自分の身体を受粉期を迎えた花弁の先っぽみたいに敏感にさせて、命を天秤に自然の表情を読み取ろうとして、その厳格なることに畏怖し、その機嫌をうかがいつつ何とかゲームを組み立てようとする。

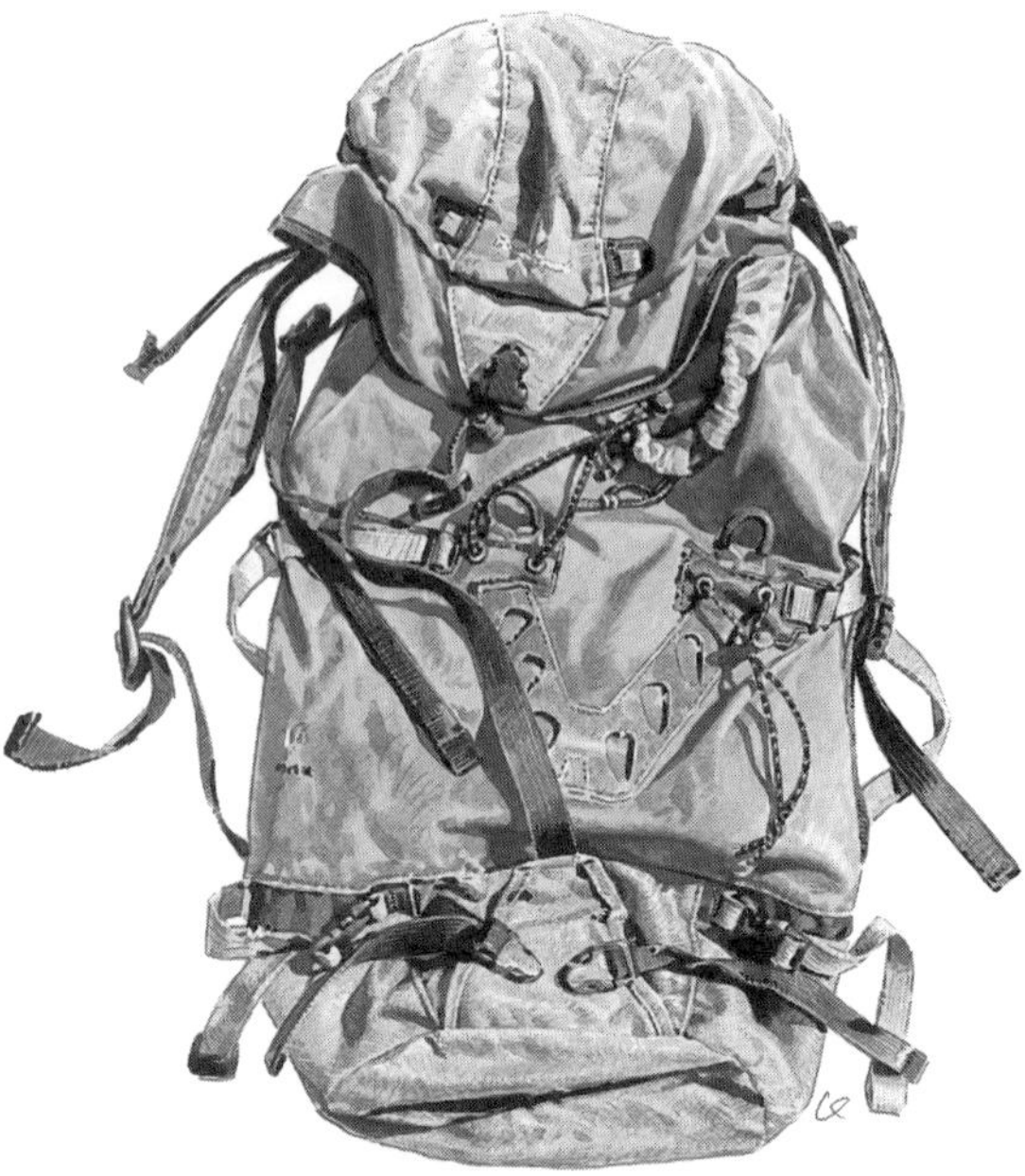

9年くらい前に手に入れたブラックダイアモンドの「スフィンクス45ℓ」を愛用。ずた袋みたいで使いやすいので、沢登りやアルパインクライミングのときにいつも使っている。北極での橇旅行では、橇の上にくくりつけて使用。容量45ℓ。

日本人のなかには恐らく単独行者が生まれる基盤となる、この自然を畏怖する世界観が組みこまれているのだろう。私たちは長い間、自然が豊かである一方で災害が多いという、この厳しい自然環境のなかで生活を営み歴史を育んできた。諸行無常の響きのなかで暮らしてきた結果が、世界でも稀な「単独行大国ニッポン」を作り出している。

＊

逆の見方をすれば、単独行にさほどの価値を見出さない欧米の冒険は、到達と達成に最も価値をおいた行為のあり方だ。単純に考えて、たとえば登山を例にとっても、一人よりも二人か三人のパーティーを組んだほうが効率的に登頂できる可能性が高い。こうしたパーティーでもっとも危惧されるのが仲間同士の人間的ないざこざだが、気心の知れた仲間と一緒の場合はその心配もなくなる。合理的に計画を成功させたいなら、明らかにパーティーで行動したほうが有利なのだ。単独行は何か〈深い経験〉ができる感じはあるが、明らかに手法としては非効率的なので、文化的にその〈深い経験〉に日本人ほどの理解を示せない欧米の冒険家は、単独行の非効率性ばかりに目が奪われ、なんでそんなことをするの？　という疑問を持つに至るのだろう。

そう、単独行というのは行《ぎょう》のようなものだ。北極で吹雪に吹かれながら橇を引いているとき、六分儀で星を観測しながら現在位置の決定にもがき苦しんでいるとき、私はふと、自分が役行者《えんのぎょうじゃ》と同じようなことをしているのではないかという気分になることがある。それは〝生きる〟という経験を求めて世界を彷徨《さまよ》う行動のスタイルなのである。

那智の滝と登山の狂気

　去年（二〇一二年）の夏、まだ結婚していなかった妻と一緒に奥穂高岳に登りに行ったときのことだ。山頂直下にある穂高岳山荘を訪ねたとき、旧知の小屋番の人からあるニュースを聞かされて、びっくりしたことがあった。

「そういえば知っているか？」

　久しぶりの挨拶を交わした後、その人はすぐにニュースに話題を向けた。

「那智《なち》の滝に登って、逮捕された連中がいるぞ」

「え、那智の滝ですか？」

　滝の名前を聞いた瞬間、誰が登ったのかすぐにピンときた。その一、二週間前、ときどき一緒に山に登りに行く友人から、紀伊半島のほうで沢登りの好きなのを集めてイベントを開くので参加しないかと誘われていたからだ。その誘い自体は、私がもう沢登りをあまりやらなくなっていたことと、北極探検のための別の訓練をしなければならないことから断ったのだが、しかし那智の滝はたぶん彼らが登ったにちがいない。

　小屋の人にパソコンを借りてネットでニュースを検索すると、思ったとおりだった。友人を含めた三人は、立ち入り禁止区域に進入した軽犯罪法違反の疑いで現行犯逮捕されたという。

「実はこのイベントに僕も誘われていたんですよね」

「それは参加しなくてよかったなあ。角幡くん、一緒に滝に登っていたら、社会的にアウトだったぞ」

もちろんイベントに参加していたとしても、私が那智の滝に登っていたことはありえない。登りたいと思ったこともないし、登る実力もないからだ。捕まった三人はいずれも日本を代表する実力派クライマーだった。

「しかしバカなことするなあ。なんでこんなところを登るんだろう」

小屋の人がそうつぶやくのを聞いて、私は少し複雑な気持ちになった。

那智の滝が世界遺産である熊野那智大社のご神体であることから、三人には、とりわけネット上ですさまじいまでの罵詈雑言が浴びせられた。彼らの行動を擁護した別のクライマーが登山団体の役職を外されるなど、その後の余波もあったと聞いている。だから、この話題に触れることには少しためらいがある。逮捕された三人は、もうこのことに触れられたくないだろうし（三人は翌月書類送検され、十月には不起訴処分となった）、神社の関係者なども不快に思うかもしれないからだ。

＊

それでもこの話題をあえて持ち出したのは、この件が、その後の余波も含めて、登山や冒険のものすごく本質的な部分に触れている気がするからだ。正直いって、私は彼らの行動の詳細や、事件のその後の経過についてそれほど関心はない。関心があるのは、彼らの、ご神体と知りつつ滝を登ろうとした心根の部分と、登って逮捕されたと聞いたときの自分自身の感情の揺れについてである。

このニュースを聞いたとき、私は率直に、すごいことをやるなと思った。別に彼らの行動を擁護しているわけではない。逮捕されてしょうがないとも思う。彼らの行動には多くの人の信仰を踏みにじるという、明らかに反社会的な要素が含まれているわけだから、バッシングを浴びたのもやむを得なかったのかもしれない。そのことにはあまり同情しない。

でも、すごいことやるなと思ったことも事実だ。さすがだな、そこまでやるんだという気持ちがわきあがった。私は自分のことをクライマーだと考えたこともないし、那智の滝を登りたいという欲求を持ったこともない。今も登りたいとは全然思わないが、それにもかかわらず、やられたと思った。私は彼らの行動にある種の嫉妬を感じたのだ。そして自分がなぜそういうふうに感じたのか、今でもうまく説明することができないでいる。

この感情は、おそらく登山家たちの間ではさほど違和感のあるものではなかったと思う。この件について、何人かの知り合いの登山家と話したときに、彼らの口から出た言葉がそれを物語っていた。「そんなの登るに決まっている」と断言した人もいた。登山家の中には彼らの行動を肯定的に捉えている人は少なくないと思う。肯定的というのがいいすぎなら、彼らの動機を理解できている、といいかえてもいい。自分が登らなくても、登るやつが出てくるのは納得できる。ご神体であろうと反社会的であろうと、登られていない壁を登るのはクライマーとしては自然な欲求だ。そんなふうに捉えているのではないだろうか。ご神体という、通常は登攀の対象とみなされない壁を登ったところに、逆にクライマーとして純粋性を見てとった人もいたかもしれない。

だとすると、私たち山に登る者は、次の問いに対して真剣に考えなくてはならない。登山というのは、どこかに反社会的なものを含んでいるのだろうか。他人の感情を踏みつけてまで優先せざるをえないものなのだろうか。

＊

もしかしたら楽しむために登る普通の登山者は、このような感覚に違和感をおぼえるかもしれない。しかし登山が自己表現になっている人にとっては、彼らの行動は理解できるものとなる。

私は、これは表現することにともなう、ある種の狂気だと思っている。クライマーではない私が嫉妬をおぼえた。登山と探検

甲の高さが低く、足によくフィットするガルモント社製の登山靴を愛用している。8年前に買ったモデルで、日帰り～1泊の冬季クライミングに使用。最近、防水機能が落ちてきたので、そろそろ買い換えようと思っている。

（あるいは冒険）では畑がいささか異なるが、しかし危険を冒して何かを表現するという点では共通している。私は彼らの表現者としての行動力に感嘆し、そして嫉妬していたのだと思う。山に登る。冒険をする。そこには自分以外の者には理解しがたい、ある種の狂気が宿っている。それを戒めるべきだ、というふうには私は全然思わない。この狂気が時にすばらしいクライミングや、歴史に残る探検や冒険を生み出してきたからだ。しかし自覚的であるべきだとは思う。自分たちがやっていることは、そういう類のことだ。どこかで社会と折りあいがつかないことをいとわない価値観を共有しているのだ、と。

だから登山専門誌が軒並み、この那智の滝の件に関して無視を決めこんだのはとても残念だった。当事者や専門家をまじえて突っこんだ議論をしたら、登山の本質に迫るとても面白い特集が組めたはずなのに。

ただの軽率な行動と判断したのか、もしくは触らぬ神にたたりなしと考えたのか。たしかに当時、彼らの行動に少しでも同情的な意見を書こうものなら、猛烈なバッシングを浴びることは目に見えていた。でも世論の批判を恐れて問題に蓋をするようでは、山岳ジャーナリズムとしては失格だ。単なる広告宣伝誌にすぎない。

その点では私にも後悔がある。もし自分が企画を持ちこんで、どこかの編集部に働きかければ、何がしかの記事が実現したかもしれない。だが忙しさにかまけてそうしなかった。だからこれは自分に対する反省でもある。

GPSの罪悪①

九月に十日間ほど取材でフィリピンを訪れていた。

二十年ほど前、とある沖縄のマグロ漁師が、船が沈没して救命筏でフィリピンまで漂流したことがある。私はこの漂流事故のことを調べており、フィリピンに行ったのは当時のことについて詳しい人がいないか探すためだった。何の見通しもないまま出かけたフィリピンだったが、幸運にも当時のことを詳しく覚えている現地の漁師を見つけて話を聞くことができた。

彼は五十歳を超える現役のベテラン・マグロ漁師だった。フィリピンでは彼のように五十歳を超えるマグロ漁師というのは、じつは珍しい。日本のマグロ漁船の場合は六十歳で若手といわれるほど高齢化が進んでいるが、フィリピンの場合はまったく逆だ。その理由として同国は人口統計的に若年層が多く、また雇用の場が少ないという国内の経済的背景もあるのだろうが、それよりも漁師が今も体力任せの原始的な漁法をつづけているという事情のほうに、その原因の大部分はある。

彼らのマグロの捕り方は驚くべきものである。ナイロンラインの先に餌をつけてそれを海中に沈め、くいついたマグロを素手で引っ張り上げるだけなのだ。フィリピン近海のマグロは、大型のクロマグロより、やや小ぶりのキハダマグロやメバチマグロが主であるが、それでも重さ五十キロ、大きいものでは百キロにも達する。当然だが、釣られたマグロは逃げようと激しく暴れる。それを自分の腕力だけでぐいぐいと船上まで引き上げるのだから、若い者にしか務まらないのも道理である。

＊

漂流取材とはまったく関係ないことだが、こうした昔ながらの方法で漁をつづけてきた人たちに私は一つ訊いてみたいことがあった。それは、彼らは航海のときにどのようにナビゲーションして目的地に向かっていたのかということだ。

原始的な漁法を今もつづけているとはいえ、航法に関しては今や彼らもGPSを導入している。しかしGPSが一般に普及したのはたかだか十年ほど前の話で、それまでは古くより伝わる独自の方法で外洋を航海していたはずだ。

一般的にGPSやそれ以外の無線機器が導入される以前、外洋航海においては六分儀とよばれる器具を用い、天体を観測し複雑な計算をこなして緯度と経度を求めていた。天測《てんそく》による航法だ。しかしフィリピンの漁師が、精密な機械と複雑な計算が必要となる天測で海を渡り歩いていたとは考えにくい。だから、天測ではなく、どうやって漁場から漁場に移動していたのか、その方法を聞いてみたかった。何しろ彼らは今でもパンプボートというアウトリガーのついた木製の粗末な船で、フィリピン東方海域やインドネシアやニューギニア島近海まで遠征して、平気で一カ月も漁をつづけるらしい。潮と風に翻弄される海上で、すごい話ではないか。

＊

私はそのベテラン漁師から、そのやり方の一端を教えてもらったのだが、彼が言うには、コンパス一つあれば航海には十分だという。

「地図や海図は持っていかないんですか？」

「そんなものは持っていきませんよ。自分でスケッチを描くんです。目印となる島や岬の位置や距離を紙に描いて、コンパスで方角を確かめながら船を進ませる。そうすれば間違いありません」

理屈は理解できるが、しかし、容易には首を縦に振りかねるやり方だ。

現実の海上移動がそれほど簡単ではないことは、少し想像するだけで誰にでもわかる。陸上を歩くのとちがって海上にいる船は常に動いている。風や海流や潮の満ち引きに翻弄され、その日、その瞬間で船の進む方向はちがってくる。たとえば目的とする漁場が二十五度の方角に五百キロ進んだ距離にあることがわかっていても、風や潮によっては進行方向がいつの間にか三十三度にずれているかもしれない。コンパスだけでは現在位置の決定に絶対的な不安が生じるはずだ。だからこそ西洋の航海者たちは、今自分がどこにいるのか知るために、天体を利用した精密な天測技術を発達させてきたのである。

それなのに彼はGPSも海図も持たず、あろうことか自分のスケッチだけで十分だという。

「でもそうするとはじめての海域には行けませんね」と私は言った。「最初はスケッチがないんだから、誰かその海域の経験者を一緒に連れて行かないといけないことになる」

「そういうこともあるけど、事前に情報収集すれば大丈夫です。飲み会のような席で、こんどこの漁場に行こうと思う、と経験者に相談すれば、そこまでの島や岬の位置関係や方角、距離を教えてくれる。それをスケッチに落として航海するんです」

おいおい本当かよ……。未知の海域を進むための根拠が飲み会での情報交換？　それで事故ったら、日本なら自己責任論者にバッシングされるよ。

「しかし潮や風で進行方向はわからなくなるでしょう。それでどうやって目的地に行くんですか」

「もちろん潮や風の向きを読みとりながら、船の進んでいる方角を頭の中で計算するんですよ。問題のないことです」

＊

率直にいうと、彼の話は私には正確に理解できなかった。もちろん頭の中では理解できる。海の表情から風と潮を読んで正し

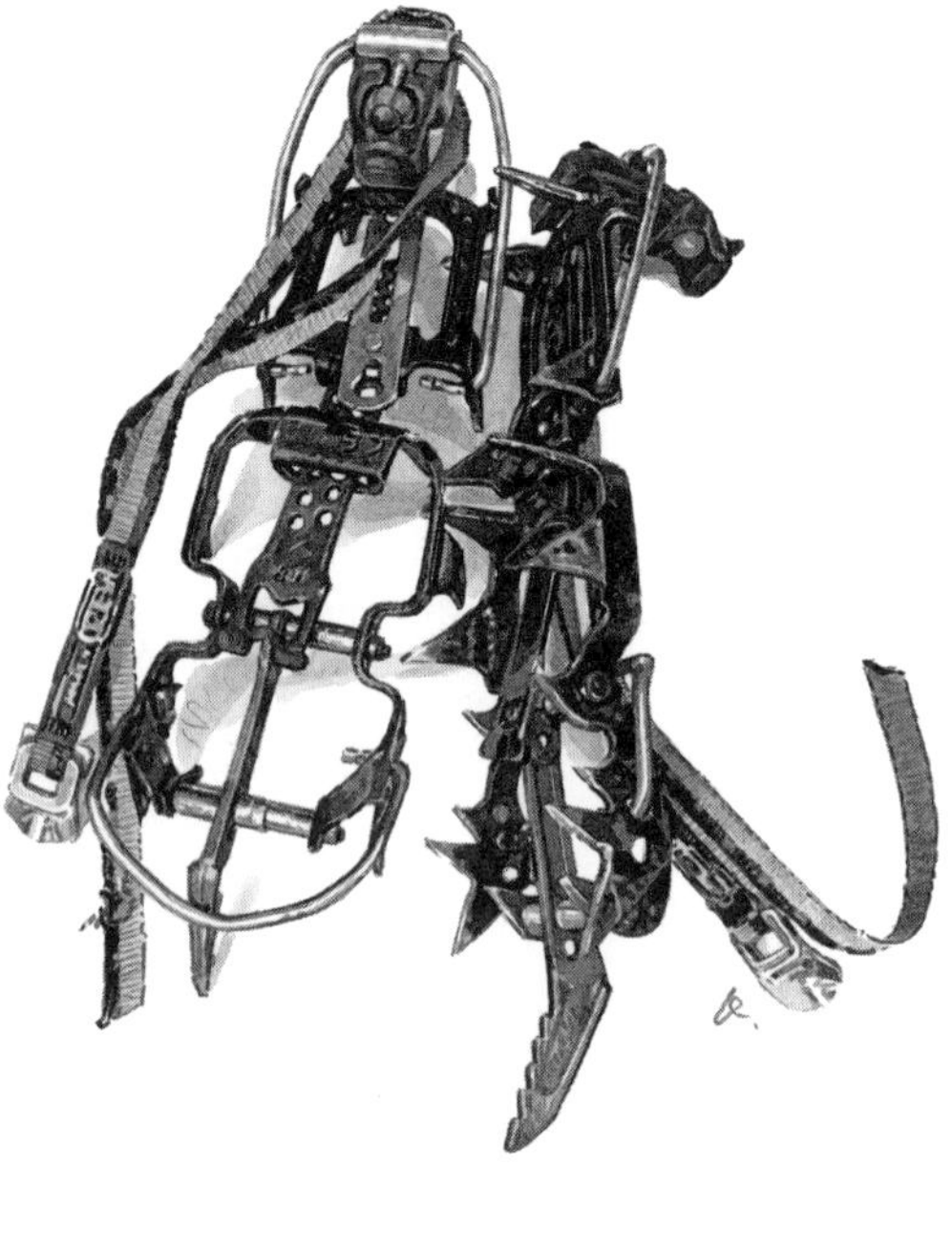

探検家カクハタ愛用のアイゼン、ペツルの「シャルレ／M10」（2011年以降「LYNX」に進化）。南アルプスや北アルプスの氷壁、岩壁登攀など積雪期のクライミング全般で活躍中。

い方角を割り出す。なるほどそんなもんだろう。しかし一体、どうやったらそんなことが可能になるのか? このことはつまり、彼と私との間の海に対する知識、持っている言葉、それによって構築されている世界に断絶があって、双方の世界の相互交流が根本的なところで不可能であることを示していた。風向きや波の方角、その速度、潮のうねり、雲の状態、星の位置、そうしたあらゆる情報を取りこみながら、彼らは船の位置をかなり正確に理解できる、と私は推測することしかできない。決してそれを体験的に理解することはできない。

マグロ漁師にかぎらず、自然のなかで生活を営む人たちは、こうした経験知を仲間内で蓄積することで、自分と自然との関係を結んできた。この関係は観念的なものではなく、自分の身体を媒介とした、いわば生身の肉と血により結ばれた関係である。自然とは死の横溢した世界だ。自然に近い領域で生きる者は必然的に死に脅かされることになるが、しかしだからこそ自然のことを深く理解し、畏れを抱いてもきた。

だが、こうした身体的な経験知による世界把握の構造は、GPSの登場によって最終的な崩壊の局面に入っている。少なくとも私はそう感じる。この変化は急速だが、政治や経済など新聞の一面を飾るようなニュース性に乏しいため誰も気に留めることはない。しかしそれは着実に進行している。有史以来、何百万年と続いてきた〈自然と人間との関係性〉が、根本的なところで変革されようとしているのだ。

GPSの罪悪②

ＧＰＳの問題について深く考えるようになったのは北極圏の旅をはじめてからである。北極圏に行くまで私の探検の舞台はチベットやネパール、ニューギニアの山岳地帯が多かった。山では尾根や谷の地形的な起伏が顕著なので、地図とコンパスさえあれば自分の位置を正確に把握できる。ＧＰＳはあってもなくてもどうでもいい存在で、ちゃんと使ったこともなければ、さほど意識したこともなかった。

ところが北極圏の旅では、凍った海氷や平らな雪原に覆われたツンドラなど、地形的に目印の乏しい場所を進むことが多い。こうした場所では山とちがい、尾根や谷のかたちや向きから位置を類推することができず、地図とコンパスで位置を決定することがとても難しくなる。そのため航海と同じように緯度と経度を求めて「航法（ナビゲーション）」しなければならず、ＧＰＳが圧倒的な威力を発揮する。

二〇一一年にはじめて北極圏を旅するまで、私はこのＧＰＳの威力を正確に認識できていなかった。前話でも少し触れたが、ＧＰＳが登場する前も探検家や航海士は六分儀で天測していたわけだから、ＧＰＳを使うといっても六分儀が多少便利になっただけで、機器で航法するという本質に変化はないと、あまり深く考えていなかった。

ところが実際に旅でGPSを使いはじめると、これが六分儀と全然ちがう。最大の相違点は、GPSを使うと周囲の自然条件と無関係に現在地を出せるところだ。

六分儀による天測だと、天体の高度を観測して位置を計算するわけだから、太陽だろうと夜空の星だろうと、とにかく外に出て天体観測しなくてはならない。そしてこの観測作業は口でいうほど簡単ではない。

特に極地のような極限的な寒さの中ではハードルが高く、氷点下四十度の寒さの中で向かい風に耐えながら、細かなネジを調整して天体を水平線に一致させるだけでも、極度に集中力が必要となる。しかも観測するうちに、六分儀には自分の吐く息で霜が張りついて星そのものが見えなくなってくるし、三十分も作業していたら手足は寒さでかじかみ、鼻ももげそうになる。

なんとか観測を終えても、今度はテントの中で天体の暦や対数表とにらめっこしながら、観測値を位置情報に変換するための複雑な計算作業に没頭しなければならない（ただし計算機があれば、この作業は省略できる）。苦労がともなうだけでなく、その観測値には少なくとも数キロの誤差がつきもので、一番困るのは、GPSとちがい、その結果がどこまで正確に出せているかは観測者には絶対的にはわからないことだ。天測とは、最後は自分の腕を信じるしかなく、その意味では極めてアナログな技術なのである。

ところがGPSを使うと、そういう苦労がすべてなくなり、夕飯の支度をしながら片手でボタンを数回押すだけで位置情報を取得することができてしまう。しかも、その情報は天測とちがって誤差がほぼゼロの、かぎりなく正確なものだ。

GPSを使うと、本来、旅においてもっとも難しいはずの作業が最も簡単になるという逆転現象が発生する。それは〈前よりも便利になった〉という次元をはるかに超える、人間はなぜ冒険をするのかという本質を侵しかねないコペルニクス的な転回だ。

＊

なぜ私たちが探検や冒険をするのかというと、それは行為のプロセスの中にある〈自然との関わり方〉に秘密があるからだ。

北極が例だとわかりにくいだろうから、登山を例に考えてもいい。私たちが山に登るのは、単に山頂に行きたいからではない。山頂に至るまでの〝山との関わりあい〟の中に魅力があるからこそ、人間は山に登るのではないだろうか。

登山者は山という厳しい自然に規定された世界の中で、少しおおげさにいうと、命を懸けた判断をくだしながら山頂を目指している。その過程として見逃せないのは、登山者がその行動や判断をつうじて常時、山になんらかの働きかけをおこなっていることだ。働きかけをして山と関係性を構築することで、登山者は山から肯定され、今その瞬間、そこに自分が存在しているという感覚を強く持つことができる。

これは何も抽象的な話ではない。クライミングをする人なら、誰にでも岩壁や氷壁を登っている最中に墜落の恐怖でガタガタと足が震えた経験があるはずだ。この恐怖という負の感情をつうじて私たちが獲得できているのは、「氷壁の中に自分が今ある」という明確な自己存在確認である。

周囲の世界との関係の中で、身体的な五感をつうじて自己の存在を確立できること、つまり山からきわめて実体的な存在を与えられることに登山の最大の魅力はあり、逆にいうとそこにしかないともいえる。

それは登山に限らず、極地探検や外洋航海でも同じことだ。過酷な寒さやどこまでもつづく大海原によって実体存在を与えられることに、探検や冒険の魅力はある。そしてこの自己存在確認の感覚は、こちらから自然に働きかけ、関与する領域が広がり、そして深まるほど大きくなる。

ところがGPSを使うと、この自然への働きかけと関与領域が極端に狭くなってしまう。地図読みや天測にはあった外の世界を読みとるという働きかけがない状態で、いきなり百パーセントの正解が与えられるので、外との関係が薄くなり、自然から存

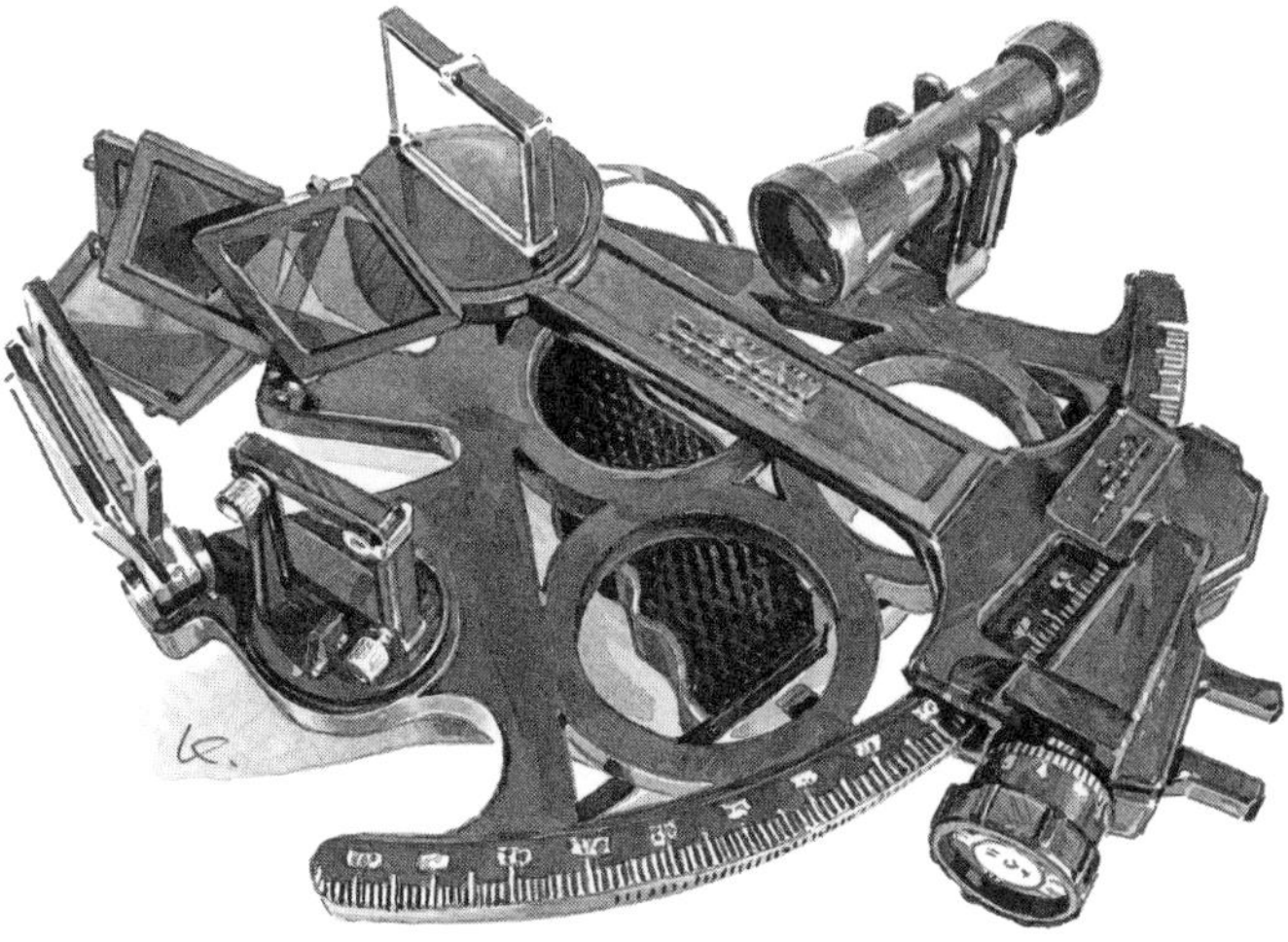

2012〜'13年の冬、カナダ北極圏の村・ケンブリッジベイ周辺での旅で使った米・デービス社製の六分儀。星の光を反射鏡ごしにスコープで捉え、アームを動かして水平線に重ねる。観測した数値をもとに計算し、緯度・経度を割り出す。

在が与えられているという感覚も弱まってしまうのだ。

＊

ＧＰＳを使いながら北極の荒野を歩いていたとき、私は常に妙なもどかしさを感じていた。連日、寒さや風には苦しめられたし、極限的な空腹にも苛《さいな》まれたが、それでも私は自分は北極という土地を爪で引っ掻いているだけなんじゃないかという奇妙な隔靴掻痒《かっかそうよう》感を取り除くことができなかった。

肉体的には追いつめられているのに、なぜか？

その理由は、明らかにＧＰＳを使っていることにあった。そのことには旅の途中で気がついていたが、しかしもはやどうしようもなかった。

結局このときの旅では「航法」という極地探検においてもっとも基本的な作業を機械に外部委託したせいで、自分が北極の自然とがっちりかみあっているという感覚を最後まで得ることができなかった。ＧＰＳを使うと、周囲の自然と自分との間にどうしても壁ができてしまい、その土地の真実の姿を知る機会を奪われてしまうのだ。

GPSの罪悪③

人間は機械ではなく動物だから、脳以外の様々な感覚をつうじて周辺世界の有り様を把握しようとする。前々号で私は、フィリピンのマグロ漁師のことに触れて、人間が自然との間で紡ぎあげてきた〈身体知〉による自然認識の有りかたについて書いたが、しかしこれは何も珍しい例ではなく、自然のなかで生活を営んできた昔の人は、太陽や天体の動き、潮の流れやうねりの方向、鳥や動物の動き、それに様々な地理的な特徴を解読して、あちこちに移動していた。ところが、科学が発達して、テクノロジーが開発されると、人間は昔ながらの身体知をこれらの新しい機械に外部委託させ、労力を省いて作業を効率化しようとしてきた。いわば〈知のアウトソーシング化〉である。

＊

地図やコンパス、それに六分儀も古い時代のテクノロジーであることに間違いはなく、これらが登場したときも、自然を読み解くための身体知はかなり失われたにちがいない。しかしGPSの登場は、これら過去の発明品とは明らかに次元がちがう。地図読みや天測には、まだ自分と外の自然との関わりあいが色濃く残っているが、GPSは完全に人から知的判断の主体性を奪いとってしまった。

人間は、三次元上の物理的空間と、時間、というベクトルのうえに存在している。この単純な事実は、ナビゲーションの本質を考えるうえで意外と重要なことだ。

旅を例にとって考えてみよう。どこかの場所に移動するとき、私たちは必ず現在地を基準にして目的地を決めることになる。当たり前だが、現在地がわからなければ、目的地までどうやって行ったらいいのか決められないからだ。現在地を知っていることが、あらゆる移動行為の前提となるのであり、もし現在地があいまいなまま先に進めば、自分の居場所はどんどんあやふやなものになっていく。そのことを時間的な観点から述べると、現在地がわからないと、未来の安定した見通しが得られないということになる。そう考えると、地図読みや天測で現在地を決める作業には、「空間と時間軸のうえに自分の存在を主体的に確定させていく」という積極的な意味があることになる。

ところが、GPSにはこの過程がまったくない。ボタンを押して電波を受信するだけなので、自分の存在を空間と時間軸上に確立させていくプロセスが完全に欠落しているのだ。地図、コンパス、六分儀と、航法のための機器はこれまでにも次々と開発され、そのたびごとに身体知により自然を解読するプロセスは弱まってきたが、GPSの登場によって、それが完全にゼロになってしまった。

＊

その傾向は近年まで伝統的な生活をつづけてきたイヌイットの世界でも例外ではない。

極北カナダのある村を訪れたときのことだ。橇に約一カ月分の荷物と食料をつみこみ歩きはじめた私は、一台のスノーモービルが数百メートル前方でヘッドライトを点滅させながらゆっくりと動いているのに気がついた。

しばらくすると向こうが、ゆっくりとエンジンをふかして近づいてくる。やって来たのは三十代中頃の、ビーバーの毛皮の帽子をかぶった人のよさそうな人物だった。名前を訊ねると、優秀な猟師だと私も村で何度か聞いたことのある名前だった。ちょうど海豹《アザラシ》猟の最中だという。

海豹というのは普段は氷の下で泳いでいるが、ときおり氷に開けた穴から顔を出して呼吸しなければならないので、イヌイットはその穴をあらかじめ見つけておいて、海豹が水面から顔を出したところを撃ち殺す。男は青いロープの先に鏃《やじり》のようなもののついた狩りの道具を見せてくれた。それを水中銃のような道具を使って撃ちこみ、呼吸穴にいる海豹を仕留めるのだという。

そしてもう一つ、彼がポケットのなかから出して見せてくれたのがガーミン社製のＧＰＳだった。彼からモニターを見せてもらうと、番号がふられた無数の点がプロットされていた。

「これは俺の見つけた呼吸穴なんだ」

と彼は自慢げに教えてくれた。

「呼吸穴の位置をＧＰＳに記録しておき、毎日モニターで確認しながら海豹を探すんだ」

屈託なく話す男の人のよさそうな笑顔を見ながら、私は一抹の寂しさをおぼえた。

極北の狩猟民であるイヌイットは、自分たちの土地の特徴を口遊びや歌などで口承で伝え、それを記憶することで広汎な地域を旅して暮らしてきた。ところが村のスーパーで簡単にＧＰ

Sが手に入るようになった現在、彼らはほぼ例外なくGPSを携帯して旅をするようになってしまったのだ。

＊

もっと身近な例もある。私たちにとって一番身近なGPSはカーナビだろうが、昨年の夏に南アルプスの白根三山を縦走した帰りにこんなことがあった。

広河原からバスに乗って甲府に向かう途中のことだ。一番前の席に座っていた男性が何やら不安そうに乗務員のおばさんに話しかけている。

「道の途中の××岳が見えるところに停めたはずなんですが……」

「でも××岳が見えるところなんて、この道にはないわよ」

どうやらこの男性、来たときにどこに車を停めたのかわからなくなってしまったら

探検家カクハタは、ただいま「極夜」（一日中ほとんど夜）のグリーンランドを六分儀で探検中。時計は、高度計、気圧計付きのスント「コア」（販売終了モデル）を愛用している（その後、紛失）。

しい。本人がわからないのに他人に聞いてもどうしようもないが、それでもお客さんを見捨てるわけにいかないので、乗務員のおばさんは運転手さんと二人で親身になって相談にのっていた。

「あなた、どこの山に登ったの？」

「鳳凰山です」

「来たときはどこのインターで下りたの？」

「……」

「じゃあ、どの高速道路を走ってきたの？」

「……」

男性は何も答えられなかった。驚いたことに、どうやら彼は自分がどの高速道路を使って、どのインターで下りたのかさえ把握していないようなのだ。理由は明白だ。カーナビに頼りきって目的地まで来たので、途中の道が頭に入っていないのだ。男性は困惑気味に、行きのバスから××岳が見えたはずだという説明を繰り返すばかりで、さすがに人のいいおばさんも最後はダメ出しをするようにこう宣告した。

「××岳が見えるってことは、あなた、この道じゃなくて韮崎《にらさき》から御座石《ございし》鉱泉に行く途中で車を置いたんじゃないの？　この道は甲府に行く道だからきっとちがうわよ」

私は半ば唖然としながら彼らのやり取りを聞いていた。しかし、考えてみるとこれは決して他人事とは言いきれない。自分だってカーナビで運転しているときは、どこを走っているか気にせず、ほとんど機械まかせなのだから。

極地ばかりでなく、都市の中でも事情は同じだ。ＧＰＳに頼りきって、身体を空間と時間軸上に確定させる作業を怠ると、私たちは外の自然から切り離されて、根っこが切られたようなフワフワと浮遊した存在となってしまう。

日常的充足が足を鈍らせる

昨年（二〇一三年）の暮れに第一子となる長女が生まれた。

子供ができるまで、私には子供ができるというのがどういうことか全然想像できなかったが、できてみるとやはりかわいいもんだ。あまりにありきたりな感想で書くのもはばかられるのだが、そうとしか形容のしようがないのでしょうがない。出産前は知りあいの編集者から「子供が生まれたときのブログ、楽しみにしてますよ」と言われても、「そんな（かっこう悪い）こと書きませんよ」などと威勢よく返していたのに、でも、いざ生まれてみると、それがどんなにかわいいかを切々と書いてしまっている自分がいる（そして今もブログなどという書き手と読者の関係性が中途半端な媒体ではなく、こうしてしっかりとお金を払って読んでもらう商業誌の連載に同様の趣旨の原稿を書いている自分が気持ち悪くもあるが、しかしそれでも書いてしまうぐらいに、かわいい）。

ブログを読んだ人からは「親バカ丸出しですね」という感想がいくつも寄せられた。ただ、私に言わせるとそれは間違っており、客観的かつ冷静に分析して、私の娘は親ではなく赤の他人が見ても純粋にかわいいだけなのだ。そのことを何度も強弁したのだが、世間的にみるとどうもそれが親バカというらしく、私はその後も「どうも上戸彩に似ている気がするんだよね。

おれ実は、上戸彩はそんなに好きではないんだけれど、まあ、あれぐらいならまずまずかなって思う」など何様発言を繰りかえした挙句、それを証明するために娘を写したベストショットを知人にメールで配信するなどという、出産前だったら狂気の沙汰としか思えない行動をつづけていた。

＊

子供ができたからだろうか、今年の北極圏の旅行は正直いって出発するのが少し億劫だった。今年はグリーンランド最北の村であるシオラパルクに行き、将来予定している世界初の〈厳冬期北極圏単独無目的放浪〉のために、冬の間の周辺の結氷状況や装備のテスト、情報収集などといった探検活動の拠点づくりをする予定で、今はその手前のカナック村のホテルにいる。と、それはともかく、過去二回の北極圏の旅のときと比べて、今回はどういうわけか気持ちがなかなかもりあがってこない。

最初はその原因は、今回は本番ではなく準備なので少し気持ちが弛んでいるためだと考えていたが、どうもそうではないような気がしてきた。子供がかわいすぎて後ろ髪を引かれている、というのはあるのかもしれないが、でも子供が生まれる前からこうした気持ちの変化が生じていたことに、私は自分でも気づいていたフシがある。

というのも、今回のグリーンランド旅行は昨年の十一月に出発する予定だったのだが、じつは出産に立ち会うために延期して結局一月にずれ込んだという経緯があった。ところが、立ち会うために延期を決めたそのとき、私のなかではそれを残念に思うより喜ぶ気持ちがあったのだ。そしてその後に出産予定日が過ぎても子供が生まれず、さらに出発がずれこむ見込みになったときも、やはり心のどこかでホッとしている自分がいた。

あまり表だって書きたくないが、もしかしたら自分は日々の生活に充足しているのかもしれない。そう思うことが、結婚してから時々ある。のろけではない。精神的にも落ち着いていて、別に世界の果てのようなわけのわからないところに行かなくとも、こういう生活がずっとつづいても、それは悪いことではないのかもしれないと、ふと感じることがあるのだ。もちろんそれは悪いことではなく、世間常識的にはいいことの範疇に入るのだろうが、その一方で、日常の充足が外に向かおうとする足を引っ張ることが、私には少し怖くもある。

おれは不幸だったのだ、などと私小説めいた自意識過剰な自己憐憫にひたるつもりは別にないのだが、実際問題として、物理的な事柄ではなく精神的な渇望というのだろうか、日常が自分を完全に満たしてくれなかったことは事実だった。仕事の面だとか、異性関係の面だとか、収入的なものだとか、そういうことがうまくいっているときでも、東京の生活の中心には妙にぽっかりと穴があいていて、その穴は決して世間的な価値観のなかでは埋められない。それが探検だとか冒険旅行に向かう原動力となっていた。その原動力を私は生きることの意味だとか経験だとかという言葉で補って、そのひどく内面的で形而上的な充足感を求めて荒野に向かっていた。だから他の何かに夢中になっているときでさえも、昔から私の頭の中には常に次の探検計画のことや、どの山に登りに行くかということが強迫観念のようにわいてくる。簡単にいえば、いつも荒野への桎梏《しっこく》から逃れられないでいた。

＊

ところが子供が生まれてからというもの、私はグリーンランドで何をするかも考えていなかったし、山に行きたいとすら思わなかった。山のことが一週間も頭から離れてしまったことなど、山登りをはじめてから一度もなかったことだった。私はただ出産で疲弊した妻を慰労し、生まれたばかりでしかも女の子なのに早くも終始眉をしかめている自分のかわいい赤ん坊の顔を見るためだけに、自宅から御茶ノ水の大学病院まで自転車をこぎ急いでいた。そして下手をすると間近に迫った極夜探検のことではなく、将来家族でアラスカの大河あたりをキャンピングしながらカヌーでゆっくりと漕ぎくだる計画のことなどを夢想している。それは私にとって大変な事態だった。自分を二十年近く精神的に幽閉してきた、次に

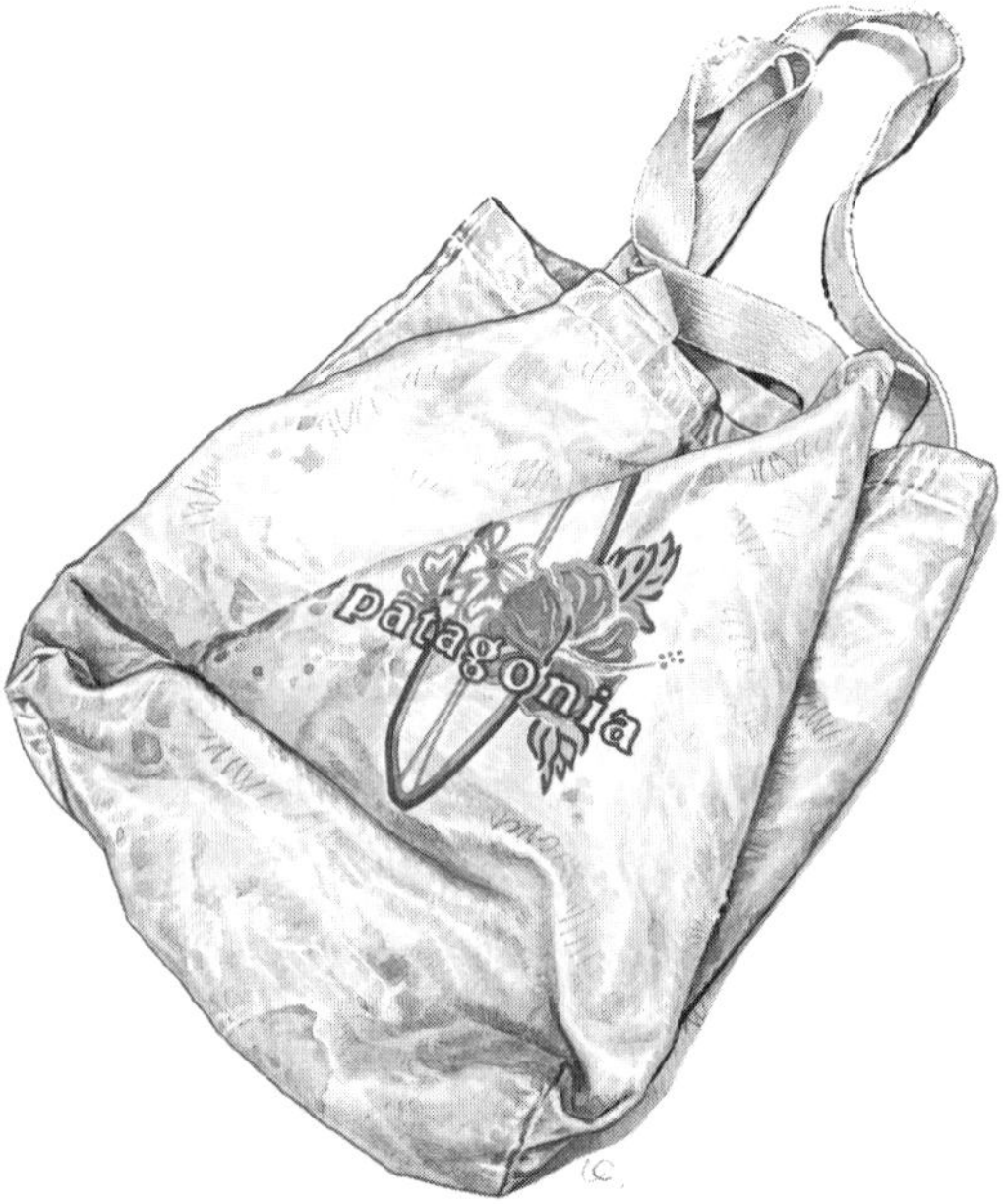

カクハタ愛用のパタゴニアのキャンバス・バッグ。10年ほど前に友人から借りたまま使いつづけている。主に冬山で電車に乗るときに、登山靴やアイスバイルなどを持ち歩くために使用している。

何をするか、どこに行くかという強迫観念から解き放たれた瞬間だったかもしれない。

　この心理的変遷が今後どのような経路をたどるのかは私にも不明である。場合によってはこの連載もこの回で緊急終了、私は〈作家・探検家〉という名刺をドブに捨て、市役所の臨時職員の面接を受けている可能性も……と、さすがにそれはないか。

愛すべき北極の装備たち①

今年（二〇一四年）の冬も北極で長い間、旅をしていた。グリーンランド北西部にある最北の村シオラパルクを出発したのが二月十一日。それからちょうど四十日間、雪と氷と風が支配する荒涼とした、どこか他の惑星のような風景のなかを、一匹の犬と一緒に橇を引き、そして歩きつづけた。

犬を連れたのは白熊がテントに来たときに吠えてもらうためだ。イヌイットの言葉で〈首輪〉を意味するウヤミリックという名の、とても愛嬌のある一歳の雄犬だったが、犬についてはそのうちまた触れることにして、今回は極地探検の装備について書こうと思う。

＊

極地で使う装備は本当に難しい。そのことは現地に通うたびにつくづく痛感する。極地で旅をするまで、私は装備に対して無頓着なほうだった。というのも、テントにしろ、衣類にしろ、寝袋にしろ、今は市販品のレベルが高いので、一、二週間、日本で冬山に登るぐらいだったら何を選んでもほとんど問題ないからだ。多少の快不快はあろうが、少なくとも装備の選択が致命的なミスにつながることは考えにくい。それは寒くない地域での活動だとさらにいえるわけで、長期の沢登りや海外の本格的なエクスペディションであっても、多少の衣類と焚き火さえあれば死ぬことはない。だから、登攀具や靴をのぞいて、軽量化以外の観点で装備を選択することはあまりなかった。計画が成功するかどうかは体力と精神力とモチベーションの高さにかかっている、装備などどれを使おうと大した問題ではない、そんなふうに考えていた。

ところが極地ではそういうわけにいかない。今ではこれまでの哲学を覆し、極地探検の成否は適切な装備の選択にかかっている！　と拳を握りしめて力説したくなるほど、考え方はかわっている。

要因はいくつかあるが、もちろん第一に挙げられるのが寒さである。極地ではだいたい氷点下三十五度から四十度ぐらいのなかで活動するため、自分の身体以外の水分をふくんだあらゆるものが凍結する。氷点下二十度台ならそれほどでもないが、三十度以下は別世界だ。

靴や寝袋や衣類は当然のこととして、醬油も凍るし、外傷用の軟膏も凍るし、熊除《よ》けスプレーの液体も凍る。ワセリンも凍るし、ストーブのポンピングの革パッキンも凍る。油断すると手足の指も凍る。とにかく全部凍る。肉はコンクリートとさほど変わらない硬さになり、食べるためには三十分ほど鍋のうえで解凍するか、それが待てないなら斧でも持っていかなければならない。

また、テントから外に出るのが面倒なので、いつも小便は尿瓶《しびん》がわりのナルゲンボトルにするのだが、うっかりそれを寝袋の中に入れずに寝てしまったときは大変だ。翌日は小便の凍ったボトルを吊るして一時間ほどかけて解凍しなければならず、おれは何をやっているのだろうと頭をかかえる羽目になる。

寒さにくわえて行動期間が長いのも極地探検の特徴である。今回の行動期間は四十日間におよんだが、その程度の長さは極地では普通だ。私がはじめてカナダ北極圏を旅したときは、海氷の上を六十日間、雪解け期のツンドラを四十三日間、計百三日間歩きつづけたので、それにくらべれば、はるかに短い。

寒さと異常なほど長期にわたる連続的な行動日数。この二つが重なって、装備の状態は日に日に悪化する。しかも登山とちがって、休んだり装備を乾かしたりできるベースキャンプがないため、悪化をとめるすべはない。

*

防寒着を考えてみよう。歩きの旅の場合は暑いので行動中に着ることはめったにないが、それでも休憩中やテントの設営や撤収時、それにキャンプのなかで身体を冷やさないために重要な装備であることは論をまたない。その防寒着だが現代では通常、軽さと暖かさを優先して極地でも羽毛服を使うことが多い。しかし羽毛服は、最初はふかふかだが、テントの内側に結露してついた水滴や、解けた霜、炊事のときに鍋から豪快にわきあがる蒸気、手袋からとどまることなく蒸発する水分などで徐々に湿っていく。湿った羽毛服は膨張力を失い、へたって、自慢の保温力を失う。そして一カ月ほどたつとずぶ濡れになり、そのときには暖かくないだけでなく、うらめしいほど重くなっている。

昨年冬、極夜のカナダ北極圏を一カ月ほど歩いたときに、羽毛服が乾かないことにうんざりした私は、今年は羽毛服を使うのをやめて、北極兎の毛皮でイヌイットが使うアノラックを試作した。しかし、毛皮服もやはり皮が水分を吸ってしまい、二十日をすぎるとガチガチに凍ってしまい、氷の鎖帷子《くさりかたびら》のように硬くなって、強引に頭や手を通すとバキバキと嫌な音を立て背中のあたりの皮が破れてしまうようになった。最後のほうは脇に大きな穴があき、背中の毛皮がちぎれてめくれてしまった。

＊

防寒具と同様、寝袋も氷の塊と化す。寝ている間に身体や衣服から蒸発した水分が放散し、一番外側から凍りついていく。一週間や十日ぐらいだと気にならないが、二週間ぐらいすごすと氷の塊ができはじめて、イヤになる。一度氷ができはじめると、そこからは加速度的に大きくなっていき、そのうち拳ぐらいの大きさに成長し、ごつごつとした塊がいくつも寝袋の表面にできあ

フランクリン探検隊の足跡を追った『アグルーカの行方』の旅と、2013年のカナダ北極圏の旅で使用したザ・ノース・フェイス「ダークスター −40」。大きすぎるサイズを買ってしまい、寝ている間にずり下がってしまうため、足元を縛って使用している。北極圏では、プリマロフト中綿のこの寝袋の内側に、ダウンの寝袋と、汗の発散を防ぐヴェイパー・バリアー・ライナーの生地を入れて眠ったが、それでも外側に氷ができた。

がっていく。ただ、寝袋は羽毛ではなく化繊のものを使用しているので、凍っても保温力は低下しない（むしろ氷で重みが増して暖かくなった気さえする）のだが、とはいえ重量の増加は尋常ではなく、一か月もたつと寝袋はもとの倍ぐらいの重さになっている。

衣類や寝袋が凍ると、重さが増すばかりではなく、精神的なストレスになる。当然、日がたつにつれ肉体的な疲労も増し、空腹感も飢餓に近いものになっている。そこに手袋や衣類の修繕や、ストックやスキーの修理といった面倒な作業が加わり、貴重な睡眠時間を圧迫していくものだから肉体的な消耗はさらに絡みあうように抗進し、旅はイヌイットのシャーマンの修行のようになっていく。

自分の経験でいえば、一週間や十日程度の旅では極地を体験したとは到底いえない。極地を知るには最低でも二十日間、できれば一カ月以上はほしいところだ。

＊

ちなみに去年のカナダ北極圏や今年のグリーンランドの旅は、来年以降に予定している〈厳冬期北極圏単独無目的放浪〉の準備活動だった。一か月とか四十日程度の短い日数ですんだのはそのためだが、本番となるこの越冬旅行では、太陽の昇らない極夜の時期に、四カ月間にわたってほかの人間とまったく接触せず一人で旅をすることを考えており、もしかしたら現生人類の祖先がネアンデルタール人と枝分かれしてから初の試みとなるかもしれない。太陽が昇る季節なら毛皮服や寝袋を橇のうえで乾かせば問題は解決するが、極夜だとそれもできない。だから装備の状態がよくなることは絶対にありえず、日々、状況は確実に悪化していくだろう。

想像もつかない世界だ。いったい四カ月の旅の後に私の寝袋はどうなっているのだろう？今のままだと二十キロぐらいになってしまうかもしれない。でも先が読めないのは未知を行く探検の醍醐味。それが障害でも魅力でもあるから、まったく困ったことである。

愛すべき北極の装備たち②

六分儀編 その1

今回は六分儀について書こうと思う。

六分儀については、これまで書くのをなるべく敬遠してきた。精密機械なので仕組みが複雑、かつ使い方も言葉で説明するのが難しく、使用後の計算式も煩雑を極め、そのもとになっている天文学的理論にいたっては自分でも完全に理解しているとは言い難い（少なくとも教科書をもう一度ひっくりかえす必要がある）。しかも一般にはなじみが薄く、ほとんど読者の関心の埒《らち》外であろうからである。

しかし六分儀は私にとって北極の装備の核心といってよく、これがないと旅ははじまらない。いや、なくてもはじめることはできるが、自分が地球のどこにいるかわからなくなり、大変困る。私の命のバックアップであり、北極の装備について語る以上、六分儀を避けて通ることはできないのだ。ということで読み飛ばされるのを覚悟のうえで、六分儀をとりあげることにする。

＊

以前、この連載でＧＰＳの罪悪について触れたことがある。ＧＰＳを使って間違いのない位置情報を受け取ってしまうと、自分が自然に対して働きかける領域が狭くなり、結果的に自然と自分との間に壁ができてしまうという話だ。旅におけるナビゲーションには、単に現在位置を求めて今後の針路を決定するという実用とは別の意味があり、自分の判断をつうじて位置を求めることで、「自分の精神と肉体は今ここにある」という空間的な存在認識を得ることがとても大きいと思う。

判断するということは、外の自然の状態を読み解くということである。厳しい気象条件のもと、地形なり、星の位置なりを手がかりにすることで、自分とそうした自然物との間には関わりあいができる。そして、それが見えない鎖となって自分の精神と肉体をその場につなぎとめ、自分は今ここにいるという実体感と、そして生きているという圧倒的な経験を生み出すのである。

観念的な話かもしれないが、対象との関係がのっぴきならないほうが結びつきが強くなるのは、男と女の関係とかわらないだろう。だから、ナビゲーションについても、GPSを使わず自分で位置を判断し、その判断に命を託したほうが面白いに決まっているということである。

＊

だが、そう書くのは簡単だが、実際にやるとなると、やはりなかなか大変だ。

私が北極でGPSの使用を放棄したのは、二〇一二～一三年冬の極北カナダの旅からである。GPSを使わずに位置を決定するとなると、天測しかない。これは最初からわかっていたが、当時の私は天測についてはほとんど無知で、知っていたのは六分儀を使って難しい計算をこなし、現在位置を測るということだけだった。調べてみると、天測とは天体の高度を観測して地球上における位置を計算する測量方法のことらしい。そして六分儀とは、単に天体の高度を測るための道具なのである。

高度、つまり角度を測るための道具なので、六分儀は大型の分度器みたいな形をしている。分度器についた望遠鏡で天体をのぞき、手動のつまみで天体の光を動かすことで、海の水平線と天体との間の角度（すなわち高度）を測ることができる。ところが私が旅する冬の北極では太陽が昇らないため、暗くて海の水平線が見えない。水平線が見えないと天体との間の角度は測れないので、基本的に六分儀は使えない。どうしても使いたい場合は、どうやら自分で人工の水平線を作らなければならないようなのだ。一体どうやってそんなものを作ればいいのだろう？

＊

このときのカナダの旅で使用した六分儀は、通販サイトのアマゾンでも購入可能な米国製のプラスチックでできた、言葉は悪いが安物だった。どんなものがいいのかわからないので、軽さと安さを重視したのである。

そして懸案の人工水平線は、専門家の方にアドバイスを受けたとはいえ、今から考えるとかなりマンガみたいな方法で対処した。

まずメジャーを張りつけた竹竿を雪のうえに突き立てる。そして竹竿から三メートル離れ、ハンドレベルという小型望遠鏡で、そのメジャーの目盛を読みとる。ハンドレベルの中には気泡が入っており、気泡の位置を調整することで水平に向けることができる。つまりハンドレベルで読み取った竹竿の目盛が海の水平線と同じ役割をはたすので、あとは六分儀でその目盛と星の角度を測ればいいわけというわけである。

しかしこのやり方は、理屈は正しいのだが、うまくいかなかった。ハンドレベルで水平を出しても、その後に六分儀で観測するときにどうしてもそれがずれてしまうのだ。極端なことをいうと、足元の雪がへこんだり、腰が少し曲がったりしただけで水平ではなくなり、観測値に誤差が生まれる。

おまけに用意していたのが安物の六分儀だっただけに、望遠鏡の性能が悪くて星がよく見えない。気温は常時氷点下三十五度以下。なんとか六分儀で星を見つけても、息を止めて慎重に観測しているうちに、望遠鏡のガラスが凍りつき、目が疲れてかすみ、さっきまで見えていた星が見えなくな

2012年～2013年の冬、カナダ北極圏でGPSを使用せずに旅をした。緯度が高い極地では、真冬は一日中、夜である。水平線が見えないため、「ハンドレベル」という水平器付きの小型望遠鏡を使用。竹竿上に目線と水平な〝人工水平線〟を設定し、六分儀で星の高度を測定した。

る。そのうちに手足が冷えて感覚がなくなり、不十分な観測のままテントにもどる、ということを繰りかえした。

＊

結局このときの旅では何度も天測を試みたが、結果を出せたのはたった一度だけ。事実上、天測をあてにできないまま旅をつづけたので、途中で二度ほど自分の位置を見失った。真っ平らな氷原のど真ん中で、自分の位置がわからなくなることほど不安なことはない。帰るべき村が東にあるのか西にあるのか、それさえ確信が持てないのだ。村はもう近いはずだが、本当に帰れるのだろうか……。私は雪と氷の北極の自然の中で、泥沼にズブズブと身体を引きずりこまれるような感覚を味わった。

しかし後から振りかえると、それこそ北極という自然環境が持つ本質だったのだと思う。GPSがあったら、これほどの〈北極性〉を体験することはできなかったにちがいない。この発見と認識こそ、旅にとって最も重要なことなのである。このような素晴らしい認識に到達させてくれた米国の安物六分儀と粗末な竹竿システム、万歳だ。おかげで北極との間にのっぴきならない関係を築くことができ、大変深い体験をすることができたのだから。

とはいえ、安物と竹竿をこれ以上使いつづけると死ぬ可能性があるので、現在では別のタイプの六分儀を使っている。江戸時代の延宝年間（一六七三～八一）に創業し、現在では日本で唯一六分儀を製作しているタマヤ計測システム株式会社（旧玉屋商店）の全面的な協力のもと、極夜探検に専用の六分儀を開発してもらったのだ。名付けて〈九三式気泡六分儀——角幡スペシャルバージョン2014〉である。

愛すべき北極の装備たち③

六分儀編　その2

前回はタマヤ計測システムに〈九三式気泡六分儀——角幡スペシャルバージョン２０１４〉を開発してもらったというところで終わってしまったので、そのつづき。

タマヤは江戸時代の延宝年間からつづく、現在では国内で唯一、六分儀を製造している会社である。だから天測で北極を旅することを計画してからは、ちょくちょくその名は耳にしていた。例えば一九七八年に日本人ではじめて北極点に到達した日大隊の行動隊長である池田錦重《かねしげ》さんに話を聞きにいったときも、道具については「銀座の玉屋に相談したらいい」と助言されたことがある。天測というと伊能忠敬の時代を彷彿させる、いかにも古臭い語感があるが、実はＧＰＳが登場するつい最近まで航海の世界では必須の航法術だった。日大隊や植村直己が極点に到達したときも極点の位置は天測により決定されており（陸上にある南極点とちがい、北極点は海上なので、自分で「ここが北極点だ」と証明しなければならない）、植村直己の六分儀もタマヤが提供したものだったそうだ。

ただ、タマヤの六分儀はネットで調べると大変高価で、妻が使う電動アシスト自転車ぐらいする。だからはじめて天測で北極圏を旅したときは、自分にそんな高価な六分儀が必要かわからないし、とりあえずホームセンターの自転車ぐらいの値段の米国製のプラスチックの安物で我慢することにした。しかし所詮は安物、望遠鏡や反射鏡はすぐに曇るし、毎日氷点下四十度の寒さのなかで反射鏡の角度も微調整しなければならない。おまけに前号で説明した竹竿システムがうまくいかなかったこともあり、私は高額出費覚悟で六分儀のことを同社に相談することにしたのである。

＊

幸運だったのは、電話をかけたときに受付の女性の方が甕三郎《もたいさぶろう》さんという人に用件を取り次いでくれたことである。

奇跡的なことに甕さんは大学探検部出身者で、そのうえ私の本を読んでくれてもいた。これは、アマゾン支流の奥地を探検中に向こうから誰か来たと思ったら日本人で、しかも現地との有力なコネクションを持っていた、というぐらい稀有なことである。おかげで話はトントン拍子に進み、なんとタマヤは私の旅のために、水平線の見えない極夜でも使える特殊な六分儀を開発し、無料貸与してくれることとなったのだ。

それが〈九三式気泡六分儀云々〉という冒頭に出てきた六分儀である。やや専門的な話になるが、気泡六分儀には通常の六分儀とは異なり、人工水平線を出すための気泡があらかじめ内蔵されている。極夜の北極圏では太陽が昇らず、真っ暗で海の水平線が見えないので、通常の六分儀では天測、つまり星の高度を観測することができない。しかし気泡が内蔵されていると、望遠鏡をのぞいたときにその気泡を真ん中に持っていくだけで水平にすることができる。前回採用した竹竿システムのように、ハンドレベルを使って水平の位置を調整し、竹竿のその位置に目印をつけて、また元の場所にもどってハンドレベルで確かめ……という誤差を生みやすい作業をしなくても、星の観測と同時に水平線も出せて、星の高度がわかるようになった。

＊

気泡六分儀については理解できた。じゃあ、〈九三式〉というのは何だ？　と読者の方はそう思うかもしれない。多くの方がお察しのとおり、九三式というのは年号のことだ。しかし年号といっても一九九三年という西暦ではなく、皇紀二五九三年の九三式、つまり零式戦闘機の零式と同じで、九三式気泡六分儀は戦前の軍部が夜でも天測ができるようにと、当時の玉屋商店に発注した六分儀なのである。

当時、玉屋商店は海軍に数百の気泡六分儀を試作し納入したそうだが、結局、海上では揺れのため気泡を安定させることができず、結局、通常装備として採用されることはなかったという。その当時の説明書が会社の奥のほうから見つかり、現代風にアレンジを加え、私の極夜探検用としてよみがえることになったというわけだ。

しかも昨年の反省を踏まえ、私はこの気泡六分儀を三脚に取りつけるように改良してもらった。三脚に取りつけることで、〈手ぶれ〉という六分儀にどうしてもつきまとう問題を解決できるからだ。今回の冬のグリーンランド行では、この気泡六分儀で天測を試みたが、結果はまずまず、使い勝手のよさは昨年の六分儀とは雲泥の差であった。まだ試作品で細部に改良の余地があり、観測値に五キロから十キロほどの誤差は生じたが、だが誤差の範囲を出すことができたこと自体が画期的なことだった。なにしろ昨年は誤差がどれぐらいあるか計算できないほど誤差が大きかったのである。

＊

たぶんこの文章を読んだ多くの読者はこう思うのではないだろうか。九三式だの三脚だのを使ってまで楽がしたいのなら、GPSを使えばいいじゃないかと。だが、それは自分にとってはやはりちがう。

実際に天測で旅して私がつくづく感じたのは、天測では出した現在位置が正しいのかどうか究極的にはわからないということだ。天測では絶対に正解が出せないのだ。当人にできることは技術と経験を高め、正解に近いはずだという確度を自分のなかで高めることだけ。だから確度が高いはずだという裏付けが自分の中になければ、結果に自信をもつことができず、どこにいるのかわからずオタオタすることになる。というか出発さえできないだろう。なにしろ天

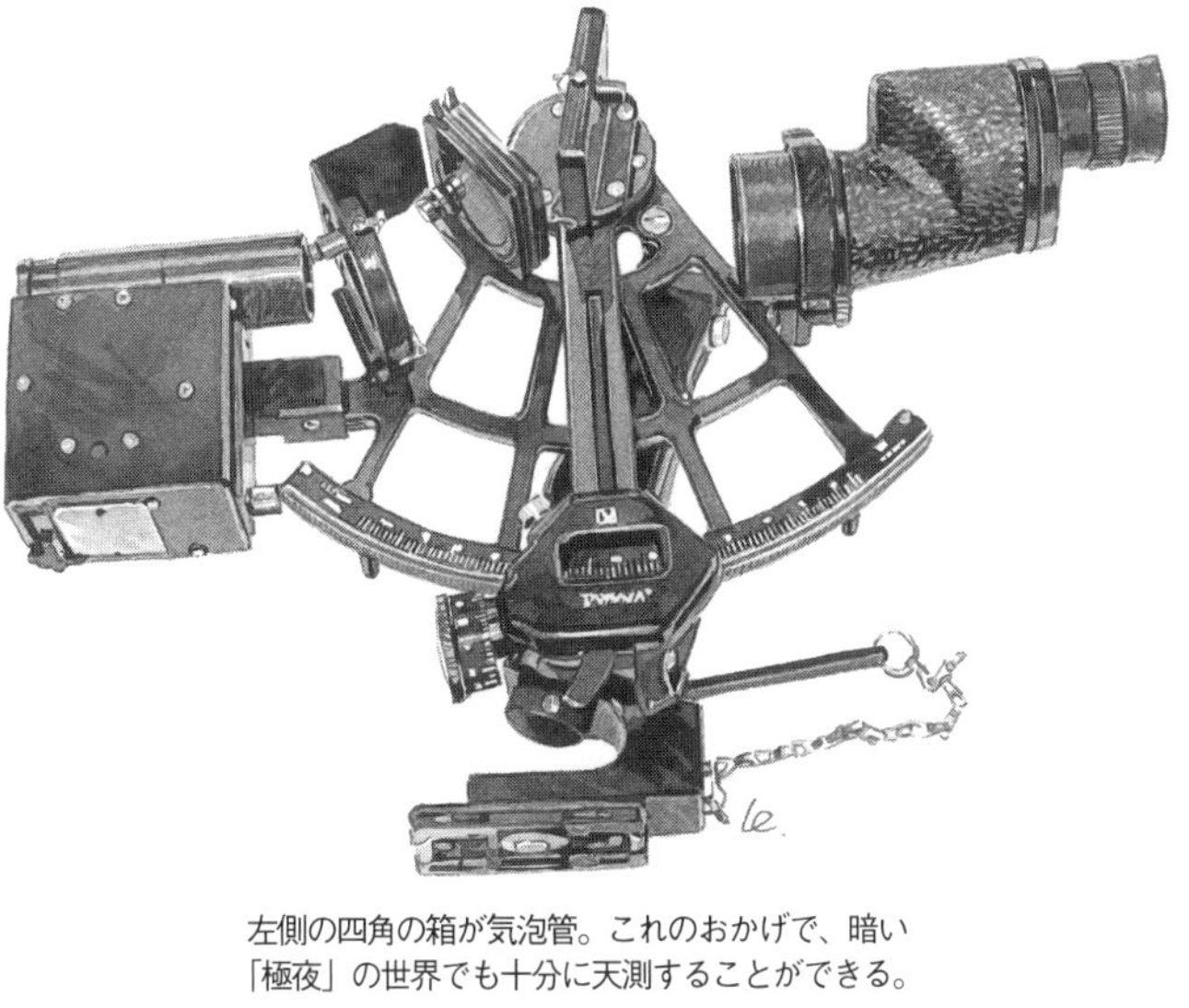

左側の四角の箱が気泡管。これのおかげで、暗い「極夜」の世界でも十分に天測することができる。

測の結果に自分の命がかかっているのだから。

天測による象徴的な旅としては、一八九三年から九六年のフリチョフ・ナンセンによるフラム号漂流があげられる。北極海上でフラム号を旅立ったナンセンは、相棒のヨハンセンと二人で北極点を目指し犬橇《いぬぞり》で北上した。その後、極点到達はあきらめ、彼らはロシア北方のフランツヨゼフ諸島にたどり着くのだが、じつは彼らはフランツヨゼフ諸島に到達したとき、自分たちがフランツヨゼフ諸島にいることがわからず、もっと西にある別の未知の島にいると思いこんでいたのだ。当時の旅のことを記した本のなかで、ナンセンは何度も自分の天測結果に対する不安を書きのこしている。陸地が見えてくるはずなのに見えてこない。おかしい、なぜ見えてこないのか。観測値が間違っているのではないか。そう煩悶《はんもん》し、観測値を何度も計算し直し、自分がどこにいるのか考えつくして、彼らは人類がまだ足跡を残していなかった広大な北極海を移動しつづけた。すごい話である。

私が見てみたいのは、ナンセンが見たのと同じ風景である。別に迷いたいわけではない。行動のすべての過程に自分でたずさわることで、彼が感じたのと同じぐらいの自由を私も味わってみたいのである。

ウンコについて今、考えていること

今年（二〇一四年）のグリーンランド行は犬を一匹連れて行った、ということはこの連載でも前に少し触れたかと思う。犬を連れて行ったのは白熊が現れたときに、番犬として働いてもらうためである。以前、カナダのレゾリュートベイからジョアヘブンまで北極圏を二カ月ほど歩いたとき、白熊が二回ほど就寝中のテントにやって来て、嫌な思いをしたことがあった。今度のグリーンランドも白熊の数がわりと多い地域だと聞いている。しかも今、私が取り組んでいるのは昼間も真っ暗な極夜の時季の北極探検なので、行動中も白熊が近づいて来たら気がつかない可能性が高い。いきなり背後から前肢で殴られて、ムシャムシャ食べられてしまう可能性があり、非常に危険である。ということで犬を一匹、旅の相棒として連れて行くことにしたのだ。犬ならきっと吠えてくれるだろう。

＊

犬とはいえ、やはり独立した意思を持った別個の生物と長い時間を共にしていると、思わぬことが次から次へと起こって面白い。私は犬というのはもっとバカな生き物だと思っていた。いや、バカといったら失礼か。つまり人間ほど感情とか気分とかに支配されない、餌さえ与えておけばひたすら働いてくれる生物機械みたいなものだと、どこかでそう見なしていたところがあったと思う。だから、旅をはじめて犬がホームシックにかかったり、その日の気分によって全然働かなかったり、明らかに私のことをナメているとしか思えない仕種をしたときなど、こんなに繊細でナイーブな動物だったんだ……と何度も驚かされた。

犬と行動して一番不思議だったのは、どうしてあいつらはあんなに糞便を食べたがるのだろうということである。出発してしばらくの間、とにかく犬は私の糞便を食べたがった。私のテントは底にマジックテープで開閉できるようにした便所穴をつけている。朝食の後にそこで用を足し、うえから雪をかぶせて穴を閉じるのだが、犬は必ず撤収作業中にその場所を嗅ぎつけ、猛烈な勢いで掘りかえしてバクバクと食べてしまうのだ。

これには閉口した。なぜかというと、まず一つは朝っぱらから自分の糞便を食べられるのを見ることは、単純に気分が悪いことがある。それともう一つはもう少し重要な問題で、糞便は食べようとするくせに、用意していたドッグフードを全然食べようとしないのだ。じつはこのとき犬はホームシックにかかっていて、ドッグフードには見向きもしなかった。それなのに私の糞便には物凄い勢いで興奮して駆け寄ってくる。これは困る。糞便に味をしめてそのままドッグフードを食べなくなると、荷物が全然軽くならないからだ。橇には一日一キロ、四十日分で四十キロものドッグフードを積んでいたので、しっかり食べて減らしてもらわないと重くてしょうがないのである。だから犬が私の糞便に駆けよってくるたびに、私は顔を引っ叩き「こら、ウンコを食べるんじゃない」と叱ってやらなければならなかった。

不思議なことにこの犬、私のウンコはバクバクと食べようとするくせに自分の糞に対しては非常に潔癖だった。それなりにエチケットをわきまえているようで、普段はなるべく自分の寝場所から離れたところで排泄しようとする。縄を解いてやるといちいち五十メートルぐらい離れて用を足すのだ。いったいウンコが好きなのか嫌いなのか、はっきりしてほしい。自分の糞を食べないところを見ると、自他に関して何らかの区別はつけているらしいのだが、排泄物を食べる習性のない私にはその基準がよくわからない。スカトロジーの人はどうなんだろう。自分の排泄物は食べるのだろうか。それとも排泄物を食べるのはあくまで愛情表現の一つで、相手の排泄物しか食べないものなのだろうか。だとすると犬のあの私の糞便に対する偏愛ぶりは、私に対するこの上ない愛の表明だったのかもしれない。

＊

そんな犬の姿を見ているとどうしても、ウンコっておいしいんだろうか……という疑問がわいてくる。そこで試しに私もスプーンですくって食べてみたのだが……、というのはさすがに嘘だが、ウンコを食べられたら北極を歩くのは楽になるだろうなあ、ということは実際に思ったりした。自分のウンコは無理にしても、北極を歩いているとカリブーや麝香牛《ジャコウウシ》や白熊の糞がごろごろしているのである。

さきほど触れたレゾリュートから二カ月歩いた旅のとき、白熊の糞が大量に落ちている場所に出くわしたことがあった。たぶん彼らの公衆便所みたいなところなのだろう。近づいてみると糞はすでにカピカピに完全に乾燥しており、臭いを嗅いでみると中華料理の乾物みたいでそれほど嫌な臭いはしなかった。そのとき私たちは猛烈な空腹に苦しんでおり、白熊が来たら射殺して食っちまうかという会話を交わしていたぐらいだったので、この糞も食えるんじゃないかと正直少し悩んだ。しかし海豹の毛にまみれているし、やっぱりまだ抵抗感があったので食わずにポイッと捨てた。

＊

排泄物を食料にできる動物は、究極のリサイクル動物である。出しては食って、出しては食ってできるのだから、もっていく食料は一回あたりに消化して漸減するカロリーや栄養分を補う分だけでいいことになる。犬や豚のように人間にもウンコをおいしいと思える味覚があれば、世界的な食糧問題も解決し、環境問題も解決し、地球平和につながるのに、なぜ人間はウンコを食べることができないのだろう。

そういえば先日、グリーンランドの話を人前でする機会があったので、犬の糞食い

橇を引く犬。名前はウヤミリック、1歳。橇は、旅の途中で壊れても修理ができるように、グリーンランド式の木橇を自作した。

の話を披露したら、聴いていた人から「ドッグフードを減らして、自分のウンコを食べさせればいいじゃないですか」という指摘をいただいた。実に傾聴に値する意見である。来年はドッグフード七百グラム、私のウンコ三百グラムで計算して、犬の食料計画を立てることにしよう。

メーカー各社様。無駄な便利機能はいりません

以前、正月に北岳バットレスを登りに行ったときに、ハードシェルの前開きのチャックが壊れて途方にくれたことがあった。まだ登攀に取りかかる前、八本歯《はっぽんば》のコルから岩壁に向かってアプローチする途中のことである。

北岳とはいえ正月の頂上付近で風雪が強まると、だらしなく全開したヤッケでは命にかかわる危険がある。とはいえ苦労して重荷を背負って登ってきたのに、チャックが壊れて敗退というのも間のぬけた話なので、やむなくガムテープで上半身をぐるぐる巻きにし、ボンレスハムみたいな状態で登った。山でガムテープに助けられた例は枚挙にいとまがないが、このときはチベットの山奥で焚き火でザックに穴をあけたときと並び、最たるものだった。

チャックが壊れたのは、このシェルがいわゆる防水チャックを採用していたからである。最近の雨具やシェルの多くは防水チャックを標準装備にしているが、このシェルもそうだった。しかし防水チャックには氷点下十五度とか二十度ぐらいの寒さになると、プラスチック処理された生地の部分が固くなって容易に閉まらなくなるという致命的な欠点がある。このときもなかなか閉まらなくなり、せっかちな私はイライラしてきてグイグイ力任せに引っ張っているうちに、ブチッという虚しい音を残して再生不能となってしまった。

この防水チャック、北極でも壊れたことがある。ただ、このとき壊れたのは脇の下のベンチレーターだったので大事には至らなかった。これがもしメーンの前開きの部分だったらと思うと、ゾッとする。北極では、晴れていたのに気づいたら氷点下四十度で風速十五メートルになっていた、などという状況変化が頻繁に起こるので、冗談抜きで深刻な事態に陥っていただろう。それ以来、私は北極で防水チャックのついたシェルは絶対に使わないことにしている。

＊

そもそも、なぜ冬山で使うハードシェルに防水チャックを採用するのか、私にはその理由がまったく理解できない。

雨具ならわかる。土砂降りの中で雨具を着ていて最初に水がしみ込んでくるのは、やはりチャックの部分からだ。しかし、冬山では雨ではなく雪が降るのだから、ハードシェルに防水チャックをつける必要はないはずだ。たしかに冬でも雨が降ることがないではないが、それよりもしょっちゅう固くなって閉まりにくくなることのほうが困るのだから、普通のチャックのほうがいいはずだし、何より壊れないので安全だ。しかし現実として多くのシェルに防水チャックは標準装備されているのだ。

その原因を邪推すると、たぶん雨具に使われたことでユーザーの間に「これは便利だ」という認識が広がり、シェルを選ぶ際にも「これ防水チャックじゃないの？」としたり顔で注文をつける人が増えて、結果としてメーカーとしても無駄なことは百も承知で標準装備せざるをえなくなった……といったところではないか。大多数のユーザーにとってみると、すでに防水チヤックは雨具・ヤッケ類における付加価値として定着しているので、それがあるかどうかが購入の際の重要な選択基準となる。要するに、これは必要かどうかを度外視した機能のファッション化にすぎないのだ。

こういうことは別に山の装備にかぎった話ではない。日常的に使う携帯電話やパソコンやテレビや電子機器を見ても、とても必要とは思えない、ちょっとだけ便利な機能であふれている。たとえば今、原稿を書いていて気がついたのは、ワードの機能。保存していたファイルを開くと、前回保存したときに開いていた箇所が画面右側のスクロールバーのところに表示された。便利といえば便利だが、ものすごく些細な便利さで、はっきりいって必要ない。たぶんワードにはこうした細かな機能が無数に内蔵されていて、ユーザーのほとんどはパソコンを購入してから廃棄するまで、まったくそれに気づかないのである。ところが、このメーカーの自己満足としか思えない無駄な機能のせいで、ワードの本来の用途である文章の打ちこみの動作速度は遅くなり、開発費用が価格にも転嫁されている。これがあったら便利だろうという発想で余計な機能をごちゃごちゃとくっつけた結果、全体としては高価なものになっている。

＊

無駄な機能の総合デパートみたいなのが、私にとってはスマホであった。数年前に何人かの編集者に本の宣伝になるからツイッターをやってくださいい、そのためにスマホを買ってくださいとそそのかされて購入したのはいいが、結局ツイッターどころか使っていたのは電話とメールと電車の時刻検索だけ。結婚してからは友人づきあいもめっきり減ったうえ、仕事関連の連絡はパソコンで済ますので、最近ではスマホのメールさえほとんど使わなくなった。SNSやラインは時間が奪われそうだし、〈共有〉という言葉や、やたらとつながりたがる風潮が個人的には好きじゃないのでパス。地図もスマホの画面は小さくてわかりにくいので、都内二十三区の地図帳を常に鞄の中に持ち歩いている。結局、電話ですら家のなかだとスマホの電波状況が悪くてつながりにくいので、逆に固定電話を使うことが増えたぐらいだ。

要するにスマホというのは私には全然必要ないどころか、タッチパネルは操作しにくいし、晴れたら画面が全然見えないし、薄いので肩に挟んで使いづらいし、不便なことばかりだった。それなのに携帯各社は勝手な理屈で次から次へとそこまで必要だとは思えない複雑で微細な新機能を満載し

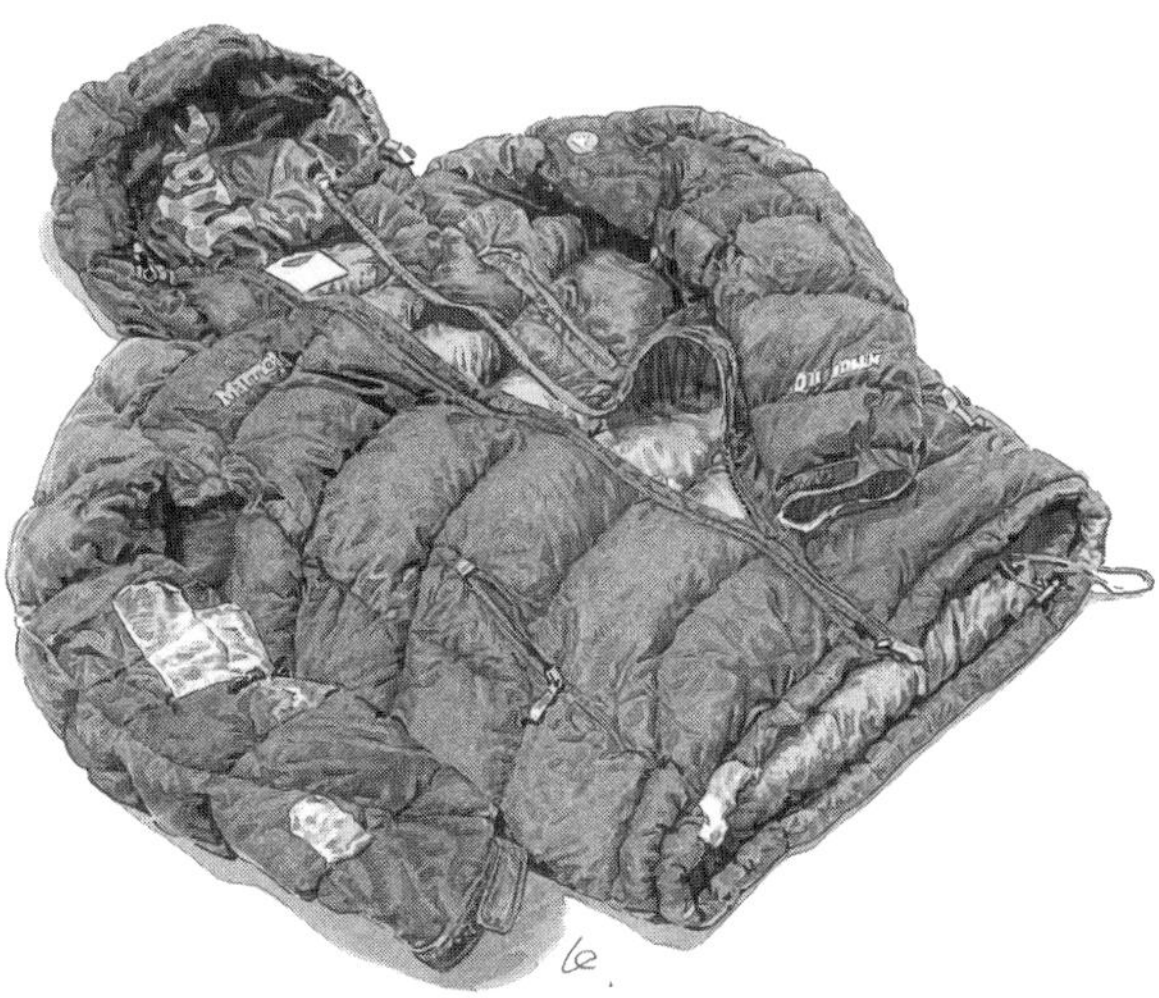

今年の冬、グリーンランド北西部を40日間単独で歩いたときに使った薄手のダウンジャケット。ゴアテックスのシェルは使わず、ウインドブレーカーの上にこれを一枚着て、体感温度マイナス五十度の環境下で行動していた。もちろん防水チャックではない。

て、目も眩むような宣伝文句を並べ立てて消費者を惑乱させるものだから、ついつい騙されてしまったのだ。近頃、知りあいからガラケーをもらったので、ようやくそちらに乗り換え、スマホは机の引き出しのなかにしまいこんで、せいせいした。永久に顔も見たくないけど、ガラケーが壊れたときのために、一応とっておいてはいる。

スマホについての個人的な苦情みたいな話になってしまったが、日常で使う携帯やパソコンの電子機器なら壊れても最悪、命にかかわることはない。しかし、山やアウトドアの装備はちがう。山やアウトドアは、命の危険がある現場での遊びである。そうである以上、装備を開発するメーカーにも、ちょっと便利だからとか、付けるのが今は流行だからといった安直な理由で、すぐに壊れるような無駄な機能を搭載してもらいたくない。アウトドアの装備の基本は、シンプルで壊れないことだ。そのためにはユーザーであるわれわれの側が「こんなものいらないよ」と冷然と言い放つのも、ときには良識だと思う。

最新機能が壊れたときのためにガムテープを持ち歩かなければならないというのでは、笑い話にもならないではないか。

第二章

極地を旅する王道

三十八歳、シーカヤックはじめました

シーカヤックで島根半島を回航してきた。鳥取の境港《さかいみなと》の海岸を出発して、観光客で賑わうかつての北前船《きたまえぶね》の寄港地、美保関《みほのせき》に立ちより、ビールと干物で乾杯。日本海側に点在する小さな漁師町を休憩とキャンプのために立ちよりつつ、各所にのこるこぢんまりとしながらも質実な檜皮葺《ひわだぶ》きの神社に感銘を受け、四日ほどかけて最後は出雲大社で拝礼するというのんびりとした旅だった。

学生のときからシーカヤックには興味があった。もともと私は、登攀のような短期集中的な形態の冒険よりも、広い空間を長期間にわたって彷徨するような漂泊的な冒険旅行を志向するタイプなので、シーカヤックから感じられる海を自由に動き回れそうな雰囲気には、ずっと惹きつけられていた。買うとしたら、海外のわけのわからない辺境で使いたいので、当然、リジッドタイプよりフォールディングタイプのカヤックだ。そしてフォールディングを買うなら、世界中の遠征航海で実績があるフェザークラフト社の艇と昔から決めていた。

しかし、いいものは高い。世の中に歴然として存在するこの法則は、残念ながらフェザーの艇にも当てはまり、学生時代の私にはとうてい手が出る代物ではなかった。社会に出て仕事が軌道に乗り、経済的に余裕が出てからも、今度は仕事やプライベートのほうで繁忙となってしまったため、唯一の趣味である山の時間を削ってまで新しいことをはじめようという気が起きなかった。

だが人間、漠然とでもいいから〈いつかははじめるぞ〉という心構えをもっておくのはいいことだ。そう思っていたからこそ、昨年、あることがきっかけとなり、私はさしたる心理的な抵抗もなくポンと高価なフェザーの艇を購入することができたのだった。

＊

そのきっかけというのは、今、私が一番力を入れている北極探検でカヤックが必要になったことである。将来的に私は太陽が昇らない冬の北極圏で、四カ月ほどの長期間にわたり放浪探検をしたいと考えている。しかし四カ月間も食料や燃料の補給なしで旅をつづけることは、昔みたいに途中でアザラシや白熊を獲物にしないかぎり不可能だ。そこで思いついたのが、夏の間にカヤックで冬の旅のためのデポを設置するという計画だった。

すぐに私はグリーンランドの地図を広げ、デポの候補地となりそうな場所を適当に見つくろった。現場の詳細な状況は実際に行ってみないとわからないが、なんとかなりそうだなという感触を得られた時点で購入を決断した。大きな旅を計画するときは、できるかどうかの細かな検討は後回しにして、まず〈やる〉ということを自分の中で確定させるのが私の方法論である。やるといったらやる。必ずやる。やるにはカヤックが必要だ。だから、カヤックを買わなければならない、というのがこの高価な装備を購入した際の三段論法だった。

＊

私はある人から滋賀県でフェザーのカヤックを専門に扱っている「グランストリーム」代表の大瀬志郎《おおせしろう》さんを紹介してもらい、さっそく艇の相談のために足を運んだ。デポを運ぶのに使うのが目的だから、私の希望はとにかく積載量の大きな艇。行く前は辺境航海で実績のある「K1エクスペディション」という艇が第一希望だったが、大瀬さんによると、最近ラインナップに加わった「ヘロン」という艇のほうが大きくて荷物も多く載せられ、さらに速度も出るということなので、そちらを選択した。

はじめてカヤックを本格的に漕いだのは昨年の奄美ツアーだったが、このときは他のメンバーに付いていくのに必死で、正直、カヤックの楽しさがわかったとは言い難かった。しかし今回の島根半島は二回目で、漕ぐのに多少慣れたせいもあったのか、海に艇を進ませる魅力が少しはわかった気がした（いずれも大瀬さんのツアーにお世話になりました）。

＊

まだ、なんとなくというレベルの感触的なことしかわからないが、カヤックの魅力の一つは自然との距離の近さにあるように思う。まだ二回しか体験していないが、それでも私には陸地よりも海の旅のほうがダイレクトに自然の影響を受ける気がした。海面は、小さな岬を一つ回り込んだだけで潮流の向きや風向きが変わったり、うねりの強さが変化したりする。海の力にわずかな変化が起きただけで、人力に頼った小さな艇は直接的な影響を受ける。そして艇に影響をおよぼす海の変化は、よりスケールの大きな地球規模の自然の状況や宇宙レベルの天体の運行とつながっている。簡単にいうと、今、目の前で起きているうねりが日本のはるか南の海上で発生した台風の動きや、月の満ち欠けによる潮流の変化により起きているのである。

自然状況の微細な変化でカヤックは行動不能になることも多いが、それは裏返せば自然に敏感な乗り物であることの証でもある。カヤックで旅をするときは、風向や潮流に影響を与える海岸線の向きや周辺の気圧配置、月の満ち欠けや潮汐の時間を常に考慮しながら予定を組まなければならないし、行動中も波やうねりで現状の把握と将来予測を的確におこなわなければならない。

それに比べると、登山は吹雪や雪崩といった局所的な気候や環境の変化に気を配ることはあるが、地球レベルで自然の動きを感じたり考えたりすることは正直あまりないだろう。冒険の面白味が自然の影響を受けつつ、その中にゲームを進めることにあ

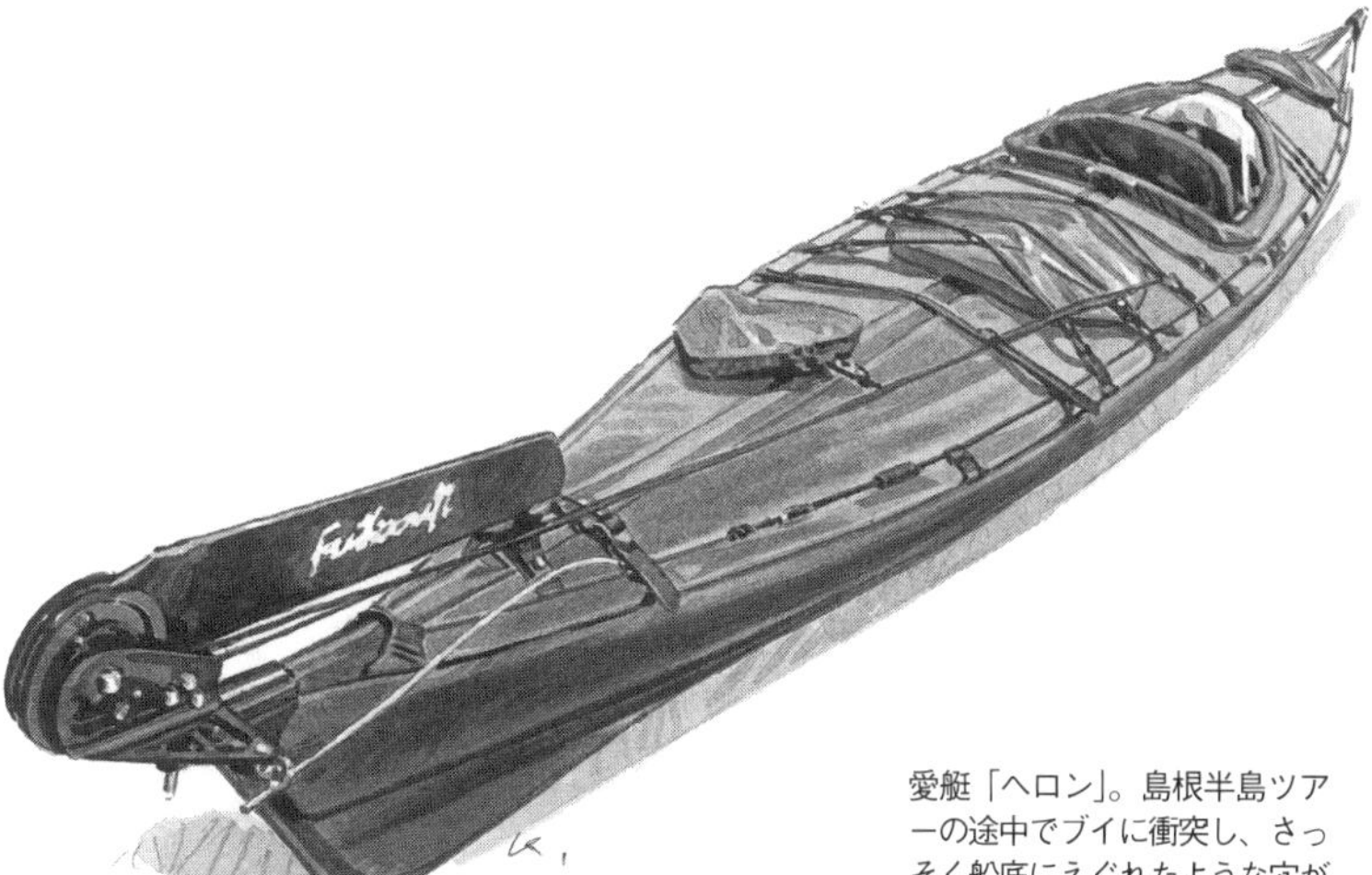

愛艇「ヘロン」。島根半島ツアーの途中でブイに衝突し、さっそく船底にえぐれたような穴があいてしまった。

るとするなら、カヤックはとても魅力的な旅のツールだ。

＊

それにカヤックに乗ると、陸の旅とはちがう視点を獲得できることも魅力だ。今回の島根半島ツアーでは日本海側にある小さな漁村を転々と訪ねたのだが、やはり海の世界の集落は海から訪ねないとその魅力はわからない。いずれも赤い瓦屋根の小さな古い木造住宅がびっしりと海沿いにならんだ、歴史のにじむ雰囲気のいい集落ばかりだった。これらは北前船が運航していた昔に栄えた港が多いようで、明らかに地域を貫いた、統一感のある伝統と文化の香りが漂っていた。

こうした魅力が伝わってきたのも、やはりわれわれが、それらの集落のそもそもの存在理由である北前船と同じ海の道をたどって旅をしてきたことと無関係ではないと思う。車にしろ徒歩にしろ、もし陸上からこれらの集落を訪問していたら、われわれの感受性はもっと低かったはずだ。艇で旅したからこそ、ここぞというときに、ここぞという集落が現れ、立ち寄ると、やはりここぞという人が現れて、大量のサザエなどをくれる。それは陸とはちがった海の視点で旅をしたからこそ得られた発見であり一期一会であって、まさに他に呼びようのないものだった。

最初はデポの運搬手段という極めて乾燥した理由ではじめたカヤックだったが、今はもっと大きな視点をもたらしてくれる魅力的な道具に変貌した。これに乗って旅をすれば、地球の別の顔が見えてくる。海から見た北極は、いったいどういう顔を見せてくれるのだろうか。北極圏はカヤック文化の発祥の地なのだ。

御嶽山の噴火とリスク

二〇一四年九月二十七日に起きた御嶽山《おんたけさん》の噴火による死者は、これを書いている現在で五十七人に達し、戦後最悪の火山災害となった。噴火がはじまった日、私はたまたま御嶽山から東に約四十キロしか離れていない長野県伊那市の文化会館で、日本ジオパーク全国大会の基調講演をすることになっていた。翌日のパネルディスカッションに参加する登山雑誌の編集者、それに女性イラストレーターから噴火の発生を楽屋で聞いたときは、まさかこれほどの大災害に発展するとは思っていなかった。そのときはネットにアップされていた登山者が撮影したという入道雲のように灰色にわき立つ噴煙の映像を見て、「うわー、結構大変みたいだね」とのんきな感想を述べて、すぐに話題をかえて談笑していたのだが、今、思うとまさにその瞬間に多くの登山者が噴石の直撃により悲惨な死を迎えていたのである。

＊

二年前の冬、まさに今回火を噴いた地獄谷でアイスクライミングを楽しんだことがある。〈セクシー登山部〉という同人組織（？）で、当時〝舐め太郎〟というはしたない名前を名乗っていた、日本屈指のアルパインクライマー宮城公博《みやぎきみひろ》君から誘われての山行で、私たちはロープウエーから山頂近くまで登り、源流から地獄谷をくだって面白そうなルートがないかを探した。

谷の内部では岩の割れ目の至るところから、いかにも危なそうな白煙が噴出しており、山がもう我慢できないと自己主張しているようだった。宮城君は前年夏に御嶽山の谷を沢登りしたらしく、そのときはガスボンベを準備しての遡行だったという。私たちはくだらないおしゃべりに夢中になりながら、餓鬼でも現れそうなこの世とあの世の幽幻境を歩いていた。

そのとき、ちょっとしたハプニングが起きた。宮城君が「あるクライマーが言うには、ここは生ある者がいていい場所ではない……」と言った瞬間、ドンという激しい音とともに姿を消したのだ。おしゃべりに夢中になりすぎるあまり、いつのまにか雪渓の薄い真ん中辺りを歩いていたらしく、踏み抜いてしまったのである。割れた雪渓を見た瞬間、私は前途有望な一人の若者の命が今まさに潰えたことを悟った……と思ったが、幸運なことに、まだ山頂近くで谷が非常に浅かったため、宮城君はイテテと言いながら少し恥ずかしそうな顔で服を濡らして雪渓にはい上がってきた。もちろん私は下山後にそのことを自らのブログに面白おかしく報告したのだが、今から考えるとセクシー登山部の舐め太郎というふざけた人物との間抜けな顛末をブログで公表していたこと自体が、なにか非常に不謹慎なことだったのではないかと思えるぐらい、今回の御嶽山の噴火は悲惨なものだった。

＊

御嶽山の噴火については少し考えさせられた。われわれ登山者は今回の件をどのように捉えるべきなのか。一般的な山の遭難と同一線上に捉えるべきなのだろうか、それともちがう地平で捉えるべきなのだろうか。登山行為には、絶対的なリスクが存在する。絶対的とは、それをしなかったらなかったのに、したことでリスクが存在するようになる、という意味だ。好き好んで山に登る以上、登山者はそのリスクに自己責任で対応しなければならず、これは登山や冒険活動においては第一に遵守しなければならない倫理なのであるが、今回のような天変地異ともいうべき噴火は登山者が対処すべきリスクにふくまれるのだろうか。

リスクについて考察する場合には、当人がそのリスクの存在を認知していたのかどうかが重要な点になる。極端な例を出そう。剱岳《つるぎだけ》をハイヒールで登るのは危険である。そんなことは誰にでもわかりそうなものだが、しかしそれが危険であると断言できるのは、剱岳がどのような山かを理解していることが前提となる。剱岳が険しい岩山であることを知ったうえで、それでも自分はハイヒールで剱岳に登頂したいのだと考えたならば、それは当人の主義の問題なので基本的に他人がとやかく言う問題ではない。しかし、剱岳がどのような山かを理解せず、そのへんの丘みたいなものと混同して室堂《むろどう》あたりから若い女性がハイヒールで登りだして遭難したとしたら、お粗末な行動との批判は免れられない。

では火山噴火の場合はどうなのだろう。御嶽山が活火山だということは、おそらく今回の噴火で亡くなった方のほぼ百パーセントが認識していたはずだ。しかし、自分が登っている最中に噴火すると考えていた人はまずいないだろうし、そしてその判断が間違っていたとは言いにくい。少し似たようなリスクに雷や雪崩があるが、雷は発生する季節が限られるうえ、空や大気の状態で多くの場合は回避できるし、経験をつめば雪崩も天気や雪の状態である程度は予測できる。

ところが噴火の場合は予測が不可能なうえ、現実に噴火したときにその場で対応できることなど何もない。つまり遭ったら終わり。本人の能力や経験とは関係なく、単純に運、不運の問題だ。そう考えると通常の登山者が自己責任で対応すべきリスクにふくまれるとは思えないのである。私たちがアイスクライミングに行ったときのように自らの不注意で雪渓を踏み抜いたのなら、これは完全に登山者側の責任であり現場で避けることもできるが、それとは違い、噴火による事故を避けるためにはハナから登らないという選択肢をとる以外にない。御嶽山で亡くなった方の死は、彼らの判断ミスや不注意とはまったく関係がなく、それゆえ今回の遭難者はいわゆる山岳遭難者ではなく、東日本大震災の死者と同じ災害による被災者だといえる。

ブラックダイヤモンド社のアルミ製ショベルを愛用している。雪洞を掘るときなどに活躍する雪山の基本装備だ。

＊

御嶽山の噴火の後、私は全国紙の記者から山のリスクをどう捉えるべきかといった内容の取材を受けた。そのときに「今回の遭難から何か教訓は得られるのでしょうか」という質問をされて、思わず言葉につまった。身も蓋もないようだが、教訓など何一つ思い浮かばなかった。かわいそうだが、山が噴火したら人は死ぬ。私たちが地球という自然環境のうえに暮らす以上、こうした避けられない死は起こりうるし、完全な対策など立てられない。どうしようもない死は、いつ、どこででも起こりえる。世界は悲劇的な死にあふれている。われわれにできることは、こうした死を悼み、記憶に悲劇を刻みつけて語りつづけ、不可避な死が起こりうることを社会全体の意識として許容することぐらいしかないだろう。

だから……というべきだろうか。今回も活火山を抱える地方自治体のなかには、問題の原因を山登りに特化させて、登山者に登山届を出すことを義務付けようとするところが増えているが、こうした動きに、私は言葉にならない違和感をおぼえる。たしかに管理や規制を強めれば遭難は減るだろう。極端なことをいえば、活火山をすべて登山禁止にしてしまえば噴火による死者はゼロになるのだから。しかし、何かちがうような気がするのだ。リスクを回避するあまり、行動を規制したり自粛したりする社会が健全であるのか――。そのことについてはまた次号で考えたい。

過度の「安心安全」が閉塞感を生み出している

リスクを回避する社会が健全なのかどうか、と書いたところで前回は紙幅がなくなってしまったので、その続き。

先日、某全国紙の記者から電話がかかってきた。用件は、火山噴火予知連絡会（火山予知連）が活火山の監視体制を強化し、登山者に火山速報のような情報提供をおこなうことを提言する見通しになったので、それについてコメントをもらえないかという話だった。前号でも少し触れたが、私は御嶽山の噴火災害と関連して、別の全国紙の取材で火山とリスクについて意見を述べており、今回の電話の主はその記事を読んで私のところに連絡をしてきたのだという。

話しぶりを聞いているとその記者は、火山速報を出すことでより安全に登山できるようになるのだから、そのような情報提供は望ましく、なるべく早く実現するべきである、というような内容の答えを期待していたようだった。しかし私はコメントを断った。そもそもこの前の記事はリスクに関する一般論を述べただけであり、今回のように火山予知だとかの込み入った話になると私は専門家ではないので判断する立場にない、というのがその理由だった。それに私は過度な情報提供は登山者の自由を損なう可能性があると考える立場なので、その記者がいっていた火山速報というものについても、じつは懐疑的な印象を持った。

火山予知連が提言するように、正確な火山速報が出るようになれば、登山者は今より安心して活火山に登れるようになるのだろうし、先日の御嶽山の噴火のような悲劇も起こらずにすむ可能性が高くはなる。たしかにそれ自体は望ましいことだ。拒否することのできない前進である。人が死ななくてよくなるという意味では絶対的な善とさえいえるかもしれない。しかし、たとえそうだとしても、私は〈安心安全〉を望むこのような全体的な風潮が、一歩一歩、社会からリスクを噴出する穴を塞いでいく、その時代の流れに何ともいえない違和感をおぼえるのである。

＊

監視や管理の強化、規制の徹底などが隅々まで行きわたることにより、われわれの社会は少しずつ息苦しくなってきた。

私は過去に一度だけ、その息苦しくなる節目を体験したことがある。それは新聞記者をしていた二〇〇五年、個人情報保護法という法律が全面施行されたときのことだ。この法律は住所や電話番号などの個人情報が悪徳業者に流れて市民が被害を受けるのを止めるために制定されたものだったが、実際に施行されると〈個人情報〉という言葉ばかりが一人歩きして、何でもかんでも個人情報を提供するのはよくないという雰囲気を一気に社会に蔓延させた。

印象的だったのは当時、取材にまわっていた警察署の副署長が頭を抱えていたことである。警官が捜査のために病院に話を聞きに行くと、病院から患者の個人情報は提供できないと拒まれるのだとぼやいていたのだ。当然、取材も急にやりにくくなり、官公庁が個人情報を大義名分に情報を隠すようになったのは当たり前のこと、個人の取材先からも知りあいの連絡先を教えてもらうのが難しくなったし、たとえ携帯番号を教えてもらっても、知らない人からの電話には出ない人が多くなり話を聞けないことが増えた。別に私は取材がしにくくなったことへの文句を言いたいわけではない。個人情報を入手しないと話にならない取材という現場にいたせいで、風潮が急激に変化する瞬間というのを肌で感じることができたのである。今では個人が識別できる情報を公にすることを極端に自重する社会になってしまったせいで、テレビの街頭インタビューでは当事者以外の顔を隠すために画面がモザイクだらけになるし、自分の子供の写真に犯罪者みたいな目隠しを入れる人が増えるしと、わけのわからないことばかりになっている。

〈安心安全〉という交通標語みたいな四文字熟語が絶対的な価値を帯びるようになったのは二〇〇〇年代に入ってからだが、ちょうどそのころから社会の閉塞感も増してきたように思う。街中や住宅の玄関に監視カメラが増えだしたのも、ちょうどこのころからだった。幼児を狙った卑劣な犯罪が多発したことから、集団下校する小学校が全国的に増えてきたのも同じ時期だ。集団で登下校し、地域社会がそれを見守ることで子供の安全度は高まる。しかし一方で道草する自由を今の小学生は奪われているともいえる。同様に個人情報を可能なかぎり守秘するということは、異質な他者とかかわる窓口を狭めるということでもあり、安全度は高まるが、予期せぬ面白い人間との邂逅のチャンスは減るだろう。その分、人生は貧相になる。

＊

生きていて何か行動を起こす以上、リスクは絶対に避けられない。サラリーマンだった人が会社を辞めて起業しようとしたら、当然大きなリスクが発生する。そして、あらゆるリスクは最終的に身体的なリスクに収斂《しゅうれん》する。起業したはいいものの、結局会社の資金繰りがうまくいかずに倒産したら、その人は会社を失うだけでなく、最悪の場合、首を括ることになるだろう。しかし、だからといって起業がよくないということは絶対にいえない。

人間関係もリスクの宝庫である。そもそもわれわれの社会を成立させている基本的な制度である結婚などは、もっとも身近で最大のリスク要因ではないか。なにしろ愛だの恋だのといった極めて信頼性に欠ける一時的な感情（自分のことではなく一般論である）を担保に一生を添い遂げようとい

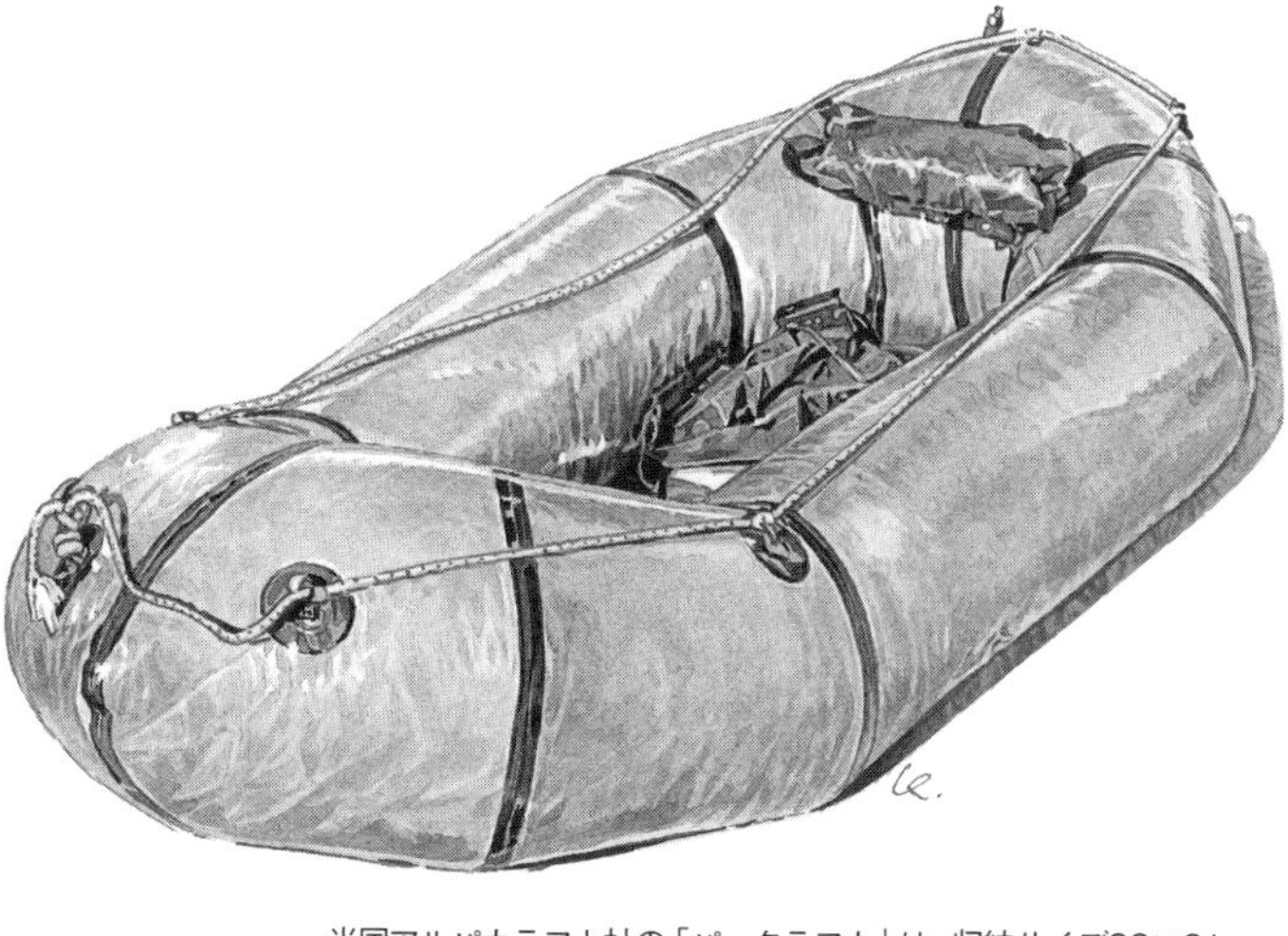

米国アルパカラフト社の「パックラフト」は、収納サイズ23×61㎝。重量2.2㎏。『アグルーカの行方』（集英社文庫）の北極圏探検では、このボートで大河を渡り、後半のツンドラ地帯を歩いて旅した。

うのだから、よく考えたら狂気の沙汰である。実際、一緒になってみたら酒を飲んで暴れるDV男だったというのはよく聞く話で、誰かと深くかかわるというのは時に命懸けの行為なのである。リスクを取ることがどうしても嫌なら、部屋に閉じこもってポテトチップスでも食べているしかないだろう（もちろんポテトチップスの食べすぎは大きなリスクになるのだが）。

＊

リスクというのは、予想がつかないということでもある。

本来、登山というのは、予想のつかない〈山〉という状況に積極的に飛びこんでいく行為だったはずだ。だが、それもここ十年ぐらいですっかり様変わりした。天気予報の精度が増し、インターネットで直近の登山情報を仕入れることができるようになり、外れがない、先の読める山ばかり求める登山者が増えている。他人の記録をなぞるのが、完全に当たり前になった。しかし、それは〈安心安全〉という標語に代表されるリスク回避型社会からの同調圧力、すなわち目に見えない管理や規制を、知らない間に受けた結果でもある。

私には〈安心安全〉を最優先してリスクを避けようとする社会は、行動を起こしたり他者と関わったりする未知の要素を締め出そうとする社会に見えてならない。危ないからやめておこうという発想が、極端にはみ出し部分の少ない、多様性の失われた社会を作っている。

火山速報が出たら、そりゃ、安全になるだろう。だがそれは「火山速報に従って登るように」という、上からのお達しにも聞こえる。

私のアイスクライミングの楽しみ方

一昨年は北極探検、昨年は妻が出産と、ここ二年ほど年末年始は山に行けなかったが、今冬は日本にいるし、妻も出産の予定はなかったので、久しぶりに冬山に出かけることができた。といっても三月に北極探検の出発を控え、おまけにそれまでに大きな連載モノを一本仕上げなければならないというスケジュール上の理由から、日程は三泊四日と冬山にしてはかなり小ぶりな計画となった。

だが小ぶりとはいえ、計画はできるかぎりパンパンに膨らませた。目指すは甲斐駒ヶ岳の南東峰、摩利支天《まりしてん》（二八二〇m）。氷瀑と岩壁の継続登攀だ。ネットで検索するかぎり、近年、摩利支天の冬期登攀の記録はあまりないようである。長野県伊那市の戸台《とだい》から入山して北沢峠を越え、摩利支天前沢から摩利支天東壁にとりつき、赤石沢奥壁の中央稜に継続し、全装備をかついで登攀し縦走して黒戸《くろと》尾根から下山するという野心的な計画だった。

しかし、結果からいうとあえなく敗退。摩利支天の壁は、とりついてみると予想以上に傾斜が強く、しかも手がかりのない花崗岩のスラブで、プロテクションもとりにくかった。それにパートナーの体調も悪く……などなどいろいろ言い訳はあるが、結局は自分の実力不足。やむなくもう少しグレードの低いルートに転進したが、これも視界不良でルートが判然とせず、頂上直下の垂直の岩壁帯に迷いこみ右往左往した挙句、最後はビバーク中にツェルトが破れて下山を決意と、近年まれにみる散々な山行となった。

ただ、収穫がなかったわけではない。一番の収穫は、仙水峠から見えた摩利支天の岩壁の左側に食いこむ、高さ五十メートルほどの見事な垂直の氷瀑を発見したことだ。地図を見ると水晶沢右俣に懸かる大滝であるらしい。水晶沢右俣は日本のクライミングルートをほぼ網羅した『日本登山大系』という本に〈大きな氷瀑を連続してかけており登りごたえがある〉と書かれていたので少し気にかかっていたが、まさかあれほど見事な氷瀑を形成しているとは知らなかった。ネットで検索しても記録はないので、ほとんど登られていないのだろう。仙水峠というメジャーな一般道からあれほど堂々と懸かっているのが見えるのに、なぜ記録がないのか不思議だが、みんなが登るところにしか登らないという最近の登山界の悪しき風潮を考えると、おそらくあの水晶沢の大滝も、誰も登らないから登られていないのかもしれない。南面なので結氷状態が悪く氷がスカスカな可能性もあるが、いずれにしてもそのうち確かめるために登ってみようと思っている。戸台から仙水峠付近で一泊、翌日、水晶沢を登攀し、できればもう一日とって赤石沢奥壁につなげたい。また登りたいルートが一つ増えた。

＊

アイスクライミングをはじめてからというもの、同じような経緯で登りたくなったルートがどんどん増えてきている。

私が登りたいと思うルートの条件は、まずガイドブックに詳細なルートガイドが載っていないこと、ネットに正確な記録がアップされていないことである。要するに、行ってみなければどんなところかわからない未知のルートが望ましい。私にとってのアイスクライミングの醍醐味は、探検のそれとかなり近い。どんな氷瀑や氷壁が待ちかまえているのか、その期待感が気分を昂揚させる。

しかし、そういう未知のルートは当然見つけるのが難しい。ルート探しの参考となるのは地形図と、それに先ほど言及した『日本登山大系』という数十年前に書かれた研究書のような本である。この本には、執筆された当時におけるクライミングルートはほぼすべて網羅されており、そのなかには初登されてからその後数十年間にわたって再登されていないというような超マニアックなものまでふくまれている。もちろん、超マニアックといっても、過去に一度登られている以上、未知ではないが、短い文字数でわずかに紹介されているだけの壁やルートも数多くあり、そういうルートはほぼ未知といってさしつかえない。とりわけ氷瀑は、この本の執筆時でアイスクライミングの技術が発達途上だったこともあり、その傾向が強い。『登山大系』に載っているあのルートはいったいどんなところなんだろうという好奇心で山に向かうことは、決して少なくない。

とはいえ、もちろん理想的なのは、自分の目でルート自体を見つけることだ。今回の年末年始で発見した水晶沢右俣はそのパターンだった。自分で実見するわけだから、「あそこにあんな氷があったのか！」と驚きとインパクトは非常に大きいものがある。ルートが過去に登られているのかいないのか、そのこと自体は私のモチベーションとはあまり関係がない。初登かどうかということより、詳細で正確な記録のない、〈ほぼ未知〉の氷壁を発見し、その氷壁がどんなルートなのかを自分の手で確認するという作業自体が、面白いのだ。

はじめてその楽しみを味わったのは、春の北穂高岳滝谷《たきだに》だった。ある年の大型連休に滝谷第四尾根を登ったときに、その横の谷に、二百メートルぐらいだろうか、長く延びる見事な一条の氷のラインを見つけた。帰って『登山大系』で調べると、それは「C沢右俣奥壁」という壁にかかった氷柱だった。それからというもの、私は自分で見つけたその氷を是が非でも登りたくて、毎年のように三月から四月に滝谷に向かった。登ってみると、技術的には予想していたより簡単だったが、しかしダイレクトに北穂の頂上に突きあげる素晴らしいルートだった。

今回の正月山行など、冬山ではマーモット「スピードライトジャケット」を愛用。軽くて動きやすいのが一番の利点だ。ゴアテックス・プロ・プロダクトを使用。防水透湿。411g。

記録がない山を登ることは、自分だけの世界をその山に築きあげることにひとしい。それは、自分の技術と判断で登れるラインを見つけ出し、その作業を通じて山と対話するということである。ガイドブックの情報に従って登っても、それは他人の足跡をなぞるだけの、極端にいえば単なる処理作業にすぎない。登山の醍醐味は、自分という個人が山と主体的にかかわることにより発生する。未知のルートを登り、自分と山とが接する領域を増やしてやることは、登山の醍醐味に直結するのである。

＊

今年、一番登りたいのは谷川岳一ノ倉沢中央奥壁にかかる二本の見事な氷柱である。これは以前、三月に一ノ倉沢三ルンゼを登攀したときに、その横に岩壁に懸かっているのを発見したものだ。帰宅して、やはり『登山大系』で調べてみると「本庄山の会ルート」という既成ルートに氷が形成されてできあがったラインらしい。それ以来、谷川に入るチャンスがなく、まだ登れていないが、今年は久しぶりに三月下旬まで日本にいるので、ぜひとも北極探検に行く前の景気づけに登りたいと思っている。適度な傾斜の氷壁から悪い雪壁を登り、谷川岳本峰に突きあげる素晴らしいルートだと想像している。

「人生一度きりの旅」のちょっとした心配事

北極圏に向かう期日が今年も近づいてきた。出発は三月二十二日。六つの飛行場を経由し、三日後の三月二十五日にはグリーンランド最北の村シオラパルクに到着する予定である。今回は長い旅なので、装備や食料の買い出しで予算がかなりの額に達した。そのため、せめて交通費ぐらいは節約しようと思いスカンジナビア航空の直行便ではなく、アエロフロート航空でコペンハーゲンまで向かうことにしたのだが、最近、その選択を後悔している。たまたま知人がアエロフロートをよく使うというので話を聞いたところ、モスクワ空港での荷物の積みおろしがかなり手荒いらしく、預けた荷物が壊れることがあるらしい。それを聞いて私は心配になった。出発便で預ける荷物のなかには先日、建具屋の知人に協力してもらって製作した木の橇もはいっている。モスクワの大男たちに壊されないだろうか……。やはりキャンセルしよう。そう思って電話で問い合わせてみると、残念ながら変更不可能なチケットだということだった。安さに目がくらみ、早まったことをしたものである。

＊

今年の旅は特別だ。なにしろ三月に出発して、日本に帰国するのは五月の予定なのだ。五月といっても今年の五月ではなく、来年の五月である。つまり一年二カ月もの間、北極圏に行きっぱなしの計画なのだ。まず、四月から五月にかけて橇でグリーンランド側に燃料と食料のデポを作り、さらに夏の間もシーカヤックで荷物を運んでグリーンランドとカナダの双方にデポを設置する。そして十一月から本番の〈極夜の探検〉に出発し、二カ所のデポ地点を経由して最終的にはカナダ最北の村グリスフィヨルドに向かうつもりでいる。ポイントは長い暗闇の季節に本当に旅ができるのかという点にあるが、その他にもグリーンランド―カナダ間の海峡がうまいタイミングで氷結するかどうかも大きな難問だ。凍っていたらカナダに渡れるが、凍っていなかったら凍るまでその場で待機しなければならないだろう。この本番の極夜の探検は最長五カ月を見込んでいるので、あくせくせず余裕を持った姿勢で臨みたいと思っている。

*

考えてみると、極夜の旅を思いついたのは五年前のことになる。二〇一〇年にチベットのツアンポー峡谷を単独で探検して『空白の五マイル』という作品を書いた私は、それ以来、毎年のように北極圏に通ってきた。最初の旅は二〇一一年、北極冒険家の荻田泰永君と二人でカナダのレゾリュートベイからベイカーレイクまでの約千六百キロを百三日間かけて踏破したときで、この旅の経過は『アグルーカの行方』という本に記した。だが、じつはこの最初の旅の段階から私の最大の関心は極夜にあった。

チェリー＝ガラードの古典探検記『世界最悪の旅』の印象が強かったせいだろうか。私は太陽が昇らず一日中暗闇に沈むという特殊な環境に、昔から未知への憧憬を抱いてきた。そのため『アグルーカ』の旅の構想がまとまる前から、次は北極で単独越冬したいとのアイデアを経験豊かな荻田君に披露し、それが実現可能かどうか意見を求めていた。チベットが終わって次は極地に行こうと決めた時点で、私は太陽の昇らない極夜の世界を一匹の犬とともに旅することを、自分の極地探検の理想的な姿として思い描いていたのだった。

だが一方で、私の思考回路は極めて慎重にもできているため、極地の経験もないのにいきなり極夜も無理だろうという常識的判断が勝り、ひとまずオーソドックスな極地探検を一度経験しようと思い、荻田君を誘って『アグルーカ』の旅を計画した。この旅は十九世紀のフランクリン隊という英国の探検隊の足跡を追うことが最大の目的だったが、個人的な裏のテーマとしては、将来の極夜探検に備えて技術と経験を積むことも目的の一つだった。

*

なぜ極夜なのか。それを説明するのは簡単ではない。一番の理由はすでに触れたとおり探検的な理由、つまり極夜という環境に未知を感じる点だ。二カ月も三カ月も太陽が昇らず、ひたすら夜がつづく世界とは、一体どのような世界なのか。そこで一人で旅ができるのか。極夜とは私にとって想像を絶する世界なのだ。また、過酷な自然環境を単独で旅することで、じっくりと生と死に向きあいたいという思いもある。探検とは土地の物語であり、冒険とは行為者個人の物語である。そう考えると最初の理由が探検的理由なら、後者は冒険的理由といえるだろうか。

人生は決して長くはない。それが自分の能力や経験を高いレベルで発揮できる期間となると、非常に短いとさえいえる。特に今回のような肉体的に過酷な探検を実行する場合は、どうしても体力と精神的なモチベーションの高さが問われるし、同時に経験も必要だ。経験がないと想像力が生まれず、このような大きな旅の発想自体が生まれてこないからである。

若いときは体力とモチベーションは高いレベルで保てるが、経験がないので大きな旅を現実的な選択肢として発想することは難しい。一方、年齢を重ねて行動を繰りかえし、経験が豊かになると、自分で実現可能と判断できる領域は広まっていく。そのため旅の企画を発想しやすくなるが、体力とモチベーションがそれにつづかなくなる。すなわち力と経験。両者が高いレベルでかみ合う期間は人生で恐らく五年、長くても十年ぐらいしかないだろう。そのわずかな期間に、人生でこれだけはやっておきたいと思える旅を実行できるかどうか。たとえ

サーモスの保温ボトルには砂糖を多めに入れて甘ったるくした紅茶を入れていく。他の人のボトルと区別するためマーモットのステッカーを貼って使用。

できたとしても、そのチャンスは一生に一度か二度しか来ない。たぶん、今、私はその人生一度きりの旅に出かけようとしている。

＊

それにしても、なぜそのような一度きりの旅の出発に、私はたかだか七万円をケチってアエロフロートを選ぶなどというバカな真似をしたのだろう。旅をするときは余計な心配事は増やしたくないのだが……。しかしそんなことを今さら嘆いても仕方がない。空港の積みおろしで壊れるような橇なら、乱氷の歩行には耐えられないだろうから、いい耐久テストになると前向きに考えることにしよう。

移動中の読書はなぜ至福なのか

予定どおり、一年強におよぶ北極探検に向けて三月二十二日に日本を出国した。先月号で書いたとおり、モスクワ空港のトランジットで自作の木橇が壊れないか少し心配だったが、梱包をしっかりしたためか、何事もなく通過し、二十五日に目的地であるグリーンランド最北の村シオラパルクに到着した。……といいたいところだが、グリーンランドに入国したところで不測の事態が発生。荷物の一つがコペンハーゲンにおきざりとなり、届かなかったのである。シオラパルクまでは定期便が週に一便しかない区間があるため、結局、一週間荷物を待つ羽目になった。ロシアではなくデンマーク。思わぬところに伏兵がいた。

＊

ところで、日本からコペンハーゲンまでの飛行時間は、モスクワでの待ち時間をふくめて十五時間、さらにグリーンランドの国際線の出入り口にあたるカンゲルスアックまで四時間かかる。シオラパルクまではそこからさらに乗りかえが三回あり（天候により途中の空港をスルーして二回になる場合もある）、空港での待ち時間をふくめると途方もない時間がかかる。

この膨大な時間つぶしとして、いつも楽しみにしているのが読書だ。どういうわけか旅での移動中は、普段、家にいるときとくらべ、数倍は集中して本を読むことができる。せっかく異文化の国に行くのに読書で時間をつぶすのはもったいないと考える人もいるだろうが、私はそう思わない。何しろこんなに集中して本が読めるチャンスは滅多にないのだ。だから私のザックのなかには本がいっぱい詰めこまれている。冊数が足りずに読み切ってしまうのが怖いので、到底読み切れるとは思えない量を用意しているのである。おかげで荷物の超過料金が非常にかさばるが、本が足りなくなったときの事態の深刻さにくらべると、そんなことは大した問題ではない。

読書は私にとっては時間つぶしというより、もはや旅の目的の一つにさえなっている。実際、長時間のフライトが終了し、飛行機が目的地のコペンハーゲンに着くときは、ちょっと残念な気がしたぐらいだった。本を読み、気持ちのいい睡魔に身をまかせ、機内食の合図で目を覚まし、腹ごしらえが終わったらまた本を読む。この満ち足りた時間がわずか十五時間で終わってしまうとは！　あと十時間ぐらいは飛行機に乗っていてもまったく問題はなかったのに……。

ただし幸運にも、カンゲルルスアックに着いたところで次の中継地の天候が悪く、一日近く空港のロビーやホテルで待機を余儀なくされるというハプニングに見舞われた。このハプニングは私には有難いぐらいのもので、おかげで飛行機が飛ぶまでの待ち時間のあいだ、カフェテリアでコーヒーを飲みながら、さらなる読書に没頭することができた。天候が回復し、飛行機が飛ぶとの知らせがアナウンスされたときは、もう少し飛ばなくていいのにと不満を感じたほどである。

＊

不思議なことに、コペンハーゲンのホテルやシオラパルクの借家では、飛行機に乗っているときほど読書に集中することはできない。これは今回だけではなく、いつもそうだ。いや、旅にかぎらず、普段の生活でもそうかもしれない。考えてみると、東京の生活でも私がもっとも読書に集中できる場所は、自宅や喫茶店ではなく山手線や丸ノ内線の車内である。大学生のときにこの事実に気がついて以降、私はじっくりと本を読むためだけに何度か山手線に乗り、ぐるぐると都内をまわったことがある。以前、大阪に取材で出張したときも環状線に乗って本を読んだが、大阪環状線の電車は途中で環状線から外れることがあるようで、気がつくと和歌山だかどこだかにはこばれそうになっていて、慌てて降りたことがあった。純粋に読書に没頭するための交通機関としては、大阪環状線より山手線のほうが優れている。

それにしても、なぜ飛行機や電車のなかの読書は、他の時間にくらべて集中できるのだろう。読書だけではなく、居眠りもまた、他の場所では得難い心地よさがある。交通機関に長時間乗っているときは、読書に集中して疲れたら気持ちよい居眠りに陥る、という至高のサイクルが待っているのであるが（飛行機の国際便はこれにコーヒーの機内サービスがつくので、もはや望むものはない）、両者に共通する何かがあるのだろうか。

最高に集中できる読書と、最高に気持ちのよい居眠り。この両者を可能ならしめるのは、雑念からの解放であるように思われる。飛行機を降りて旅の目的地に到着すると、やらなければならない無数の雑事が目の前に現れる。コペンハーゲンでは装備の買い出しが必要だし、シオラパルクでは探検の準備に追われる時間がつづく。村の子供も遊びに来るし、周辺の自然状況に関する情報もいろいろと集めなくてはならない。それどころか原稿だって書かなくてはならないし、せっかく旅に来たのだから地元の人たちと触れあいたいという旅行者としての感傷も生じる。街や村にいると様々な活動が可能なので、予定や雑事に頭が支配されてしまう。

　ところが飛行機や電車ではそうした活動が一切不可能となる。そのため、本でも読んで寝るしかないというある種の諦観に至り、最強の読書、最強の居眠りを楽しむことができるのだ。その意味でいうと、飛行機や電車というのは、狭い空間に隔離されたことによって実現した、この気ぜわしくて多忙な世の中からのささやかな解放区なのだといえる。隔離されることによって逆説的に完全な自由を享受することができるのである。

冬山登山で使用しているスポルティバの「スパンティーク」。十年ほど前に甲斐駒ヶ岳のアイスクライミングで凍傷を負って以来、足先が冷えるので、暖かいと評判のこの靴を使っている。暖かいし、インナーブーツを取り外し可能なダブルブーツのわりにはクライミングもしやすい。価格（10万円！）を除けば最高の冬山ブーツ。

＊

ただ、今回は少しばかり本を持ってきすぎてしまった。私はシオラパルクの借家にある机のうえで原稿を書いているが、目の前には四十冊ばかりの本が並んでいる。しかも一年以上にわたる旅なので、気合いを入れすぎてしまい、日本にいるときには面倒くさくてなかなか手が出ないような大作や、思想系の小難しい人文書ばかり選んでしまった。しかし考えてみると、一年二カ月の旅のうちの七カ月の間は、橇を引いたり、カヤックを漕いだりしてフィールドに出る予定だし、村にいる間も釣りや山登りで外に出る機会も多いはずだ。こんなに本が読めるわけがない。

一年以上という数字に騙されてしまったのかもしれない。グリーンランドに山手線がないことを、すっかり忘れていた。

白夜で毎日朝寝坊

グリーンランド最北の村シオラパルクは、すでに一日中太陽の沈まない白夜の季節に入っている。

この一カ月近く、私は冬の極夜探検の準備のために、ちょっと遠くの小屋まで食料と燃料のデポをしに行っていた。村に帰ってきたのは何日か前の深夜のことである。なぜ深夜に帰ってきたのかというと、このデポ設置の旅行中は昼間に寝て、夜中に行動する昼夜逆転の生活をつづけていたからだ。

昼夜逆転方式。それは白夜の季節の極地旅行としては昔から王道ともいえる方法だった。なにしろ、深夜でも太陽は真北の空で明るく輝いており視界は申し分ない。昼に動こうと夜に動こうと、どっちでも全然かまわないのだ。それなら昼間は地面の雪が日差しで緩んで歩きにくいし、日差しが暑くてかなわないのだから、夜のほうが行動がはかどるというわけだ。

それに昼間にテントにいたほうが日差しでポカポカと暖かい。燃料の使用量は少なくてすむし、寝ている間に濡れた衣類が乾くというメリットもある。暖かいというより、むしろ太陽の南中時刻前後は暑すぎて寝苦しくなるぐらいで、それが昼夜逆転方式の唯一のデメリットになっているほどである。

実際、今回の旅では冬に使うぶ厚い寝袋と、薄い化繊のオーバー寝袋を持っていったが、地吹雪が吹き荒れた三日間をのぞき、結局、冬用のほうは出る幕がなかった。日によってはオーバー寝袋でさえ暑くて脱いでしまう。外は氷点下二十度前後でも、テントのなかは寝袋がいらないほどヌクヌクとして快適なのだ。

＊

この昼夜逆転方式が可能なことでもわかるように、白夜の世界はある意味で日本のような〈非白夜的世界〉では当たり前とされている時間感覚が通用しない世界である。起床時間一つとっても、それは言える。たとえば今回の旅では基本的に夜の九時に起きて、十一時ごろから八時間から九時間ほど歩くというタイムスケジュールで行動していたのだが、白夜世界ではこんな決まり事に実質的な意味など何もない。なぜなら朝寝坊（夜寝坊？）して午前零時に起きたところで、その後の生活に何も支障はないからだ。

つまりこういうことである。日本のような太陽が沈む〈非白夜的世界〉でたとえば登山などしていると、夜がくると基本的に動けなくなるため、三時間朝寝坊したら、その日の行動は単純にいつもより三時間少ない時間に制限される。朝寝坊が困るのは活動時間が少なくなることで、その日に進める距離も短くなり、全体の計画進行にも支障をきたすからだ。

ところが、これとはちがい、白夜世界には夜がこない。午前零時に起きて、いつもより三時間遅い午前二時に出発したところで、行動時間をそのまま後ろに三時間ずらして、なんなら次の日も三時間遅く起きて、その後はずっと三時間ずらしたまま行動しても支障はない。

要するに、白夜では朝寝坊をしても困らない。この考え方を論理的に敷衍《ふえん》すると、〈白夜では毎日朝寝坊ができる〉という考え方が成立する。そしてそれは実際にそのとおりだ。白夜では毎日朝寝坊しても全然問題ないのである。今日、三時間朝寝坊して午前零時に起きて、次の日はまたさらに三時間朝寝坊して午前三時に起きて、次の日もさらに三時間遅い時刻まで朝寝坊して午前六時に起きて……というサイクルを延々と繰りかえしても、結局、夜が訪れないので、さほど問題は起きないのだ。

白夜とは二十四時間という一日の時間サイクルが無意味になる世界である。実際に一日を二十四時間ではなく三十時間と設定することで、一日の行動時間を引きのばして北極点に到達した遠征隊も過去にはあったと聞いている。

＊

こんな自然環境で暮らしていると、必然的に時間という観念にルーズになってくる。橇を引いてフィールドに出ている間は、まだ〈まとも〉な時間感覚を維持できていた。白夜とはいえ、旅の間はまがりなりにも八時間から九時間の行動時間を設定しなければならず、それが〈一日〉という単位に実質的な枠を与えていたからだ。

ところが村に着くと、一日のうちの一定時間は橇引きをしなければならないという規律が私のなかから失われた。その結果、生活から時間という観念が溶解し、本格的に流出しはじめたように感じられる。

＊

今、私は旅の間の昼夜逆転方式の影響で重度の時差ボケにかかっている。村に戻った日になんとか頑張って夜まで起きていようと努力したが、夕方過ぎにダウンし、結局その日は夜中に目が覚めた。それからというものは睡眠時間のリズムが崩れ、昼間に眠ったかと思えば、次は夜に数時間寝て、次の日は夕方から深夜に寝て……という非常に不規則なサイクルで一日を過ごしている。

食事の時間もきわめていい加減だ。なにしろ一日中明るいのだから、物理的に朝か昼とか夜とかの区別が明確ではない。そのような状況のなかで朝食、昼食、夕食という食事のリズムをもたらすものがあるとすれば、それは朝起きて夜寝るという私自身の規則正しい生活リズムしかないのだが、その大もととなる就寝時間が乱れているた

私が現在拠点にしているシオラパルクの村。海の近くには、犬橇を引くための無数の犬たちがつなぎとめられている。

め、食事の時間も適当なものにならざるをえないのである。

そして今日やることも、別に必ずしも今日やる必要のないことばかりである。ただ気が向いたときにこのように原稿を書き、住民と会い、あとはソファのうえでゴロゴロして本でも読んでいればいい。用事があったとしても、それは差し迫ったものではなく、夜にやってもいいし、明日でもいいことばかりだ。

その結果どうなるかというと、ただ単に内なる欲求、本能にのみもとづいた生活をするようになりつつある。腹が減ったら飯を食い、眠くなったら目を閉じるという生活だ。一日の決まった時間に食事をするという習慣は失われ、昨日あたりから、次第に前の食事が何時間前だったのか気にしなくなってきた。橇旅行の前は、日本にいたときと同じように朝食は軽めにパンとコーヒーですませ、昼や夜はご飯を炊き、パスタを茹でるなどしていたが、そのような朝食、昼食、夕食にともなう日本的な食事のボリューム観念も失われつつある。腹が減ったらセイウチの肉をナイフでこそいで口に入れたかと思えば、気が向いたときにはコメを炊いたり……といった感じだ。

今、私と時間を唯一つなぎとめているのは、日本にのこした小さな娘の存在である。スカイプで娘の顔を見なければならないので、そのときだけ、そろそろ起きたかな、もう寝てしまうかな、などと腕時計の時間を気にする。あとはもう時間などどうでもよくなってきている。

アッパリアスな葛藤

五月上旬にシオラパルクに戻ってきてからというもの、この一カ月ほどの間、時々の原稿書きや読書をのぞいて、ひたすら冬の極夜探検の食料となる肉の干物づくりに時間を費やしてきた。六月下旬から八月中旬にカヤックを漕ぎ、カナダ側とグリーンランド側の二カ所に食料と燃料をデポジットする予定にしており、そこに保管するためのものである。

干物はイヌイット語では〈ニック〉といい、一角《イッカク》、海豹《アザラシ》、北極岩魚《ホッキョクイワナ》、姫海雀《ヒメウミスズメ》などの肉が使われる。私が干物にしているのもこれらの肉だ。

肉は村の人から売ってもらったりわけてもらったりするわけだが、それだけではつまらないので、自分でも捕ることにしている。もちろん一角や海豹などの大型哺乳類は、技術的にも道義的にも立場上、外国人観光客の一人にすぎない私が猟をすることは難しい。しかし、北極岩魚や姫海雀ぐらいなら、つまり魚や鳥の類なら私が捕ったところでとやかく言われないだろう。そんな読みがあり、五月下旬から地元の人に教えてもらって姫海雀を捕るようになった。

姫海雀は現地の言葉で〈アッパリアス〉とよばれる。雀を一回り大きくした程度の鳥で、五月中旬からシオラパルク周辺の岩場に飛来する。村人はお気に入りの猟場に犬橇で出かけては何十羽、何百羽という単位で大量に捕獲する。捕り方は単純で、長さ三メートルほどの捕虫網みたいな網を鳥の動きにタイミングをあわせて動かし、すくうようにして捕るだけだ。しかし単純なだけに慣れるまでは難しく、最初の日は半日やって十数羽しか捕れなかった。ただ、つづけるうちに次第に上達し、最近では六十羽から八十羽は捕れるようになり、百二十羽捕った日もあった。今では私の借家の前の櫓《やぐら》は、胸肉の連なったヒモが何本も四方に伸びており、クリスマスの飾りつけが施された家みたいに賑やかだ。

＊

しかし、考えてみると、アッパリアスや北極岩魚はＯＫで、海豹や一角はＮＧというのは実に恣意的な基準である。きちんと調べたわけではないが、おそらく、外国人観光客が海豹や一角を捕ってはいけないのと同じように、アッパリアスを捕ることも厳密にいうと法的には禁じられているのだろう。

しかし海豹や一角と異なり、アッパリアスは比較的小さい生き物であるうえ、数がとても多い。それこそ何万羽、何十万羽という数が村のまわりを飛びまわっており、少しぐらい捕ったところで、村人の分の獲物が減るわけでもないし、生態系への影響があるとも思えない。それに銃ではなく網で捕るので、どこか遊びの延長っぽい雰囲気もあり、殺すという点は変わらないのに、殺す側の人間には手軽感がある。

一番のポイントは、なんだかんだ言って、アッパリアスは大型哺乳類とはちがい、生物的に単純なつくりの、〈下等〉な生き物であるという認識が私のなかにあることだ。秋にトンボを網で捕る外国人を見ても日本人が何とも思わないのと同様、このような無数にいる、とるに足らない小さな生き物をいくら捕まえたところで、村人から問題にされないだろうとの判断を私は無意識でくだしている。

しかし一方で、この感覚は全世界の人類に共通のものなのだろうか、という疑問も私にはある。イヌイットも同じ感覚を共有しているだろうと私は勝手に憶測し、アッパリアス程度なら問題ないと判断し、何の躊躇《ためら》いもなく猟をしているわけだが、ではどの動物から先がＮＧで、どの動物までがＯＫなのかとなると判断は難しい。海象《セイウチ》や一角は明らかにＮＧだが、北極兎はどうだろう。兎のような比較的大型の小動物あたりが、ＯＫとＮＧの境界線になるような気がする。

いうまでもなく、この価値判断の境界線はきわめて曖昧だ。しかも当事者によって都合よく変更されることもある。たとえば、私は対イヌイットという人間関係においては感覚的に境界線を兎に設定し、兎未満の鳥、魚、貝の類はあけっぴろげに捕っても大丈夫だが、それ以上の海豹、麝香牛、馴鹿《トナカイ》などは、仮に捕ったとしても黙っておいたほうが賢明だろうとひそかに考えている。しかし、この境界線は、日本の読者を相手に原稿を書くときには変更されうる。兎を仕留めても現地の人には黙っておくが、読者的には大した問題でないだろうから書いてしまおうと判断するかもしれない。

身体が小柄で、脳容量も小さく、神経系が単純で認知能力の低そうな動物なら殺傷へのハードルが低く、反対に認知能力の高い動物の殺傷ハードルが高いのは、その痛みや苦しみを私たち自身が想像しやすいからだ。境界線をどこにおくかはともかく、われわれには認知能力を物差しに、自分たちからの距離が遠い近いで動物の命の価値判断をしている面がたしかにある。要するに殺される苦しみを私たち自身が想像しうるか否かという観点で、動物を擬人的に捉え、差別化している。

＊

こんなことを書いたのは、たまたまシオラパルクに滞在中に、日本の水族館が和歌山県太地町《たいじちょう》の追い込み漁で捕獲されたイルカを購入していたことを理由に、世界動物園水族館協会から除名を通告されたとの報道を読んだからである。

　私がアッパリアス猟で考えた、動物に対する恣意的な価値決定は、家畜である牛や豚や羊なら平気で食べるけど、認知能力の高いイルカやクジラを殺すのは残酷だと考えるような立場の人たちの感覚と、共通する基盤を持っている。つまり、どの動物な

家族とのハイキングや春山登山などで使用しているスリーピング用マットレス「リッジレスト」。メイドインUSAだ。

ら許容でき、どの動物を殺すと残酷だと捉えるかは、全人類的に共有された物差しによって客観的に決まるわけではなく、個々人からみた主観的な距離感によって決定される、曖昧でいい加減なものにすぎないということだ。私はアッパリアスなら許容されると勝手に判断したが、それは誤断で、もしかしたらイヌイットはアッパリアスも一角も大地が人間に与えた恵みであることには変わらないというふうに、獲物に対して平等な感覚をもっているかもしれない。

どの動物に境界線をおくかは、それぞれの人間や民族集団が所属する環境や文化によって変化するものにすぎない。牛がＯＫでイルカはＮＧというのは、たとえそれがどのような正義の体系に貫かれていても、動物の種類を恣意的に選別し、そこで差別化した時点で、イルカを捕る人たちと同等の地平に立っている。何らかの基準で動物を差別化した瞬間に、所詮われわれは全員、罪作りな存在にすぎなくなるし、そして生きているかぎり基本的にこの罪悪から逃れることはできない。だとすれば、他人がどの動物を捕って食べようとも、その動物の絶滅が危惧されるなど別の理由がないかぎり、基本的には非難することは難しい。

イルカ漁や捕鯨の問題は、文化への干渉という面があり、感情的になりやすく、答えを出すのは困難だ。私自身、この問題に関して自分で納得できる明確な見解を手にしているわけではない。

ただ、自分たちは所詮、動物を殺して己の命を保っているという原罪をかかえた存在だという謙虚な実感を持つことが、相互理解への一つの道筋になるのではという気はする。シオラパルクにいると、イヌイットのように選別せず、すべてを平等に食べるという態度こそ望ましい気がするのだが、この複雑化した世界では、それができないところに問題の根源はあるのだろう。

北極での銃器の話

原始の自然が広がる北極圏は白熊や狼、麝香牛、馴鹿、海豹や海象などが生息する野生動物のテリトリーだ。なかでも特に危険な野生動物は白熊である。白熊は海豹を好物とする肉食動物で、好奇心が強く、ふだん目にしないものを見かけると近づいてくる傾向がつよく、就寝中にテントにやって来る個体も決して珍しくない。こうした動物たちの不意の攻撃から身を守るため、北極圏での旅では銃器を携行することが普通のこととして認めれている。

また、身を守るためばかりではなく、いざというときの食料確保の手段としても銃器は重要な装備だと私は考えている。北極圏の旅では数十日間、場合によっては百日以上にわたり、他の人間と接触する機会がまったくない世界を移動することになる。いうまでもなく冒険者には他者の手を煩わせずに行動を完遂させることが——少なくともそう志向する強固な意志が——最低限のモラルとして求められており、そうである以上、北極圏のような地域を旅行する者にとって、万が一の緊急時に動物を撃ちとめ、それを食いつないで生還する能力を保持しておくことは、冒険的観点からいえば一つの倫理だとさえいえる。

＊

極北カナダやグリーンランドに住む狩猟民族であるイヌイットは伝統的に銃器を日常的に扱

っているので、外国人旅行者も比較的容易に銃を入手することができる。知りあいになった地元民にさほど高くもないお金を渡せば、簡単に貸してくれたり売ってくれたりする。

また、住民だけではなく行政当局も日本では信じられないほど銃器の取扱いに関して寛容だ。印象的なのは、二〇一二年の冬にカナダのケンブリッジベイに滞在中に警官からいわれたひと言だ。そのとき私は、ケンブリッジベイから北西に五百キロほど離れたウルカクトックという村に向かうつもりでいたが、その計画を耳にした警官が私の滞在先の家にやって来て、いろいろとお節介を焼いてきた。

「君は銃器を所持しているのか」そう訊かれた私は、相手が法の厳正な執行者たる警官だということもあり、一応用心してこう答えた。

「いや、まだ入手してないんですよ。銃器を所持する許可を持ってないから、ちょっと難しいかな……」

すると驚いたことに、その警官は次のように答えた。

「正式に許可をとるには何カ月もかかる。そんなことは無理だよ。でも、この地域を旅するには銃器を持たないと危ないから、許可がなくてももっていったほうが賢明だ。住民の誰かに頼めば貸してくれるさ」

よく知らないが、カナダの銃器に関する法律は南部の都市圏の常識をもとに制定されたものなのだろう。しかし、そこからはるか何千キロも離れた北極圏の村々では、自然や生活環境があまりに異なるため、都市の常識をもとに作られた決まりを機械的に適用していたのでは対応できない。要するに、この警官が言っているのはそういうことで、無許可で銃を携行するという違法行為を、法の執行者たる彼本人が例外的必要悪として認めてくれたのだ。この警官の好意的かつ矛盾した対応に、私は北極という土地が持つ本質の一面をのぞき見た思いがした。

そして今、私が滞在しているグリーンランドは、極北カナダよりもさらに銃器取扱いのハードルが低い。許可に関していえば、警察に申請書をファクスするだけで合法的に所持することができるし、店で購入する際にも特別な手続きは必要ない。

ちなみに私がグリーンランドで使用しているのは、米国ウィンチェスター社の「M1917」という三十口径のボルトアクション式ライフルである（二〇一五年当時の話）。インターネットで調べると、その名のとおり一九一七年に米国の銃器メーカーが第一次大戦用に製作したモデルのようで、今では主に博物館などに展示されている骨董品に近いライフルである。この銃は昨年、私が探検の拠点となるグリーンランド最北の村シオラパルクにはじめて来たときに、先に村に入って活動していた極地探検家の山崎哲秀さんに依頼して村人から入手しておいてもらったものだ。購入金額はたったの千クローネ（約二万円）。古いライフルは非常に重たくて、スコープもないので精度が落ちるという欠点があるが、そのぶん構造がシンプルで頑丈なため、少々手荒く扱っても壊れることがないという長所も持ちあわせている。

＊

これまで私は二〇一一年、一二年とカナダ北極圏を二千キロ歩き、一三年、一四年はグリーンランド北西部で、のべ千キロにわたり橇引きとカヤックで旅をしてきた。その間、銃は常に所持していたが、適切に扱えるようになったと感じたのは、じつはつい最近になってからのことである。

　きっかけは今年春の旅での経験だった。この旅では冬の長期探検の食料デポのために三百キロほど橇を引いてグリーンランド北西部を歩いていたのだが、その道中で何度も北極兎の群れと遭遇し、冬の食料充実のために撃ちとめていた。もちろん狩りに成功することもあれば、撃ち損じることもあったが、最終的には十四羽分の肉を確保し、その大部分をデポ地に貯蔵した。

　この狩りの過程で私は銃の扱いに慣れ、次第に習熟していったように思う。それまでは麝香牛二頭を撃ちとめた経験はあったものの、滅多に発砲することはなかったので、感覚的には銃を持っているだけという状態に近かった。そのため、いざ発砲する

シオラパルクの村人のカヤック作り。木材で枠組みを作り、木片を挟みこんで微妙な角度をつけてヒモで縛る。今もグリーンランド北西部では手作りのカヤックと銛《もり》で鯨漁をおこなっているのだ。

段になると気持ちが昂ぶり、殺すことに動揺し、練習のときにできていた構え方やトリガーの引き方が頭からスッポ抜けてしまい、撃ち損じることが多かった。また未使用時には安全装置を下げておく、弾丸を抜くなどという基本動作も、ともすれば忘れがちだった。しかし三十回ほど兎を狙っては発砲するうちに、いつのまにか平常心で銃を構え、引き金を引き、自然と安全装置を下げるようになっていた。それだけでなく、どこまで接近すればどの程度の割合で命中するか、自分なりの最適な射程も直感的に把握できるようになっていた（残念ながらその距離はまだ非常に短いのだが）。

このことの意味は個人的にはとても大きかった。銃の使用に習熟し、生きている動物に銃口を向けることに抵抗を感じなくなることで、自分が銃を持つ最大の目的がより十全に果たされるようになったと感じたからだ。これで、白熊が接近してきたときにも動揺することなく、冷静に引き金を引き、追い払うことができるだろう。兎狩りを経験することで私の北極探検の安全度は一歩高まったといえる。

いうまでもないが、道具はただ持っているだけでは意味がない。使いこんで使用に習熟して、自分の身体の一部と感じられるまでに達するのが望ましい。道具のこの基本的性質を銃ほど認識させてくれるものは、他にないかもしれない。なにしろ、〈他の動物の命を奪うことに平然となることで自分の命の安全度＝生の確かさが高まる〉というのが銃をもつことで開けてくる実存的な地平なのだから。

無電生活の複雑な事情

極夜探検に向けたカヤックによる二度目のデポ設置旅行を終えて、シオラパルクの村に戻ってきたのは八月三十一日。六月から七月におこなった一度目の航海とあわせると、のべ六十日近くにもわたった今回の海の旅は、まったくスリリングとしか言いようのないものだった。あるときは水平線の彼方まで海を埋め尽くす浮き氷の隙間のなかを、迷路でも彷徨うように艇を漕ぎ進め、またあるときは不意に海象が海中から飛び出してきて、その巨体が巻き起こす波にあおられながら追いかけまわされる。出発前は燦々《さんさん》と晴れわたる白夜の太陽のもとで、ヤスでウニをつついたり網で北極岩魚を捕まえたりしながら、のんびりと夏の極北の海を堪能するつもりでいたが、出発前に期待していたバカンスめいた要素は微塵もなかった。

そんな難しい海での旅の道中、私の最大の楽しみは村にもどってスカイプで家族と話をすることだった。三月に日本を出発したとき、娘はまだ一歳と三カ月のかわいい盛りだった。春に橇で一カ月ほど村を離れたときも、一回目のカヤック旅行で二十日間近く出たときも、その間子供はみるみる成長し、顔つきもかわれば、語彙も増えているし、また悲しいことに私の顔も半分忘れていた。二度目のカヤック旅行は四十日にもおよんだので、一刻も早くパソコンを開いて子供の顔が見たいというのが私の切なる願いであった。

ところが、そこはさすがに世界最北の地。何の予兆もなく海象が現れる海と同様、人間の集落もやっぱりそこそこ不条理で、予定どおりに事が運ぶことはなかなかない。

村にもどってきて真っ先に家の配電盤を調べた私は、悄然とすることになった。

「やっぱり電気が来ていない……」

電気が来ていなければインターネットも使えない。まる一日、村のなかを駆けまわって調べたが、結局、村を離れている間に私の家は電気も電話もネットも使えなくなってしまっていた。当然スカイプなどできない。いったいいつになったら子供の顔が見られるのか……。そう思うと心が重たく沈みこみ、氷の海を漕いでいたときよりもはるかに深くてねっとりとした疲労に襲われた。

＊

いったいなぜこんなことになってしまったのか。話は二度目のカヤック行に出発する前の七月中旬にさかのぼる。

今回のシオラパルク滞在にあたっては、三月に村に来てから十一月に極夜探検に出発するまで、Nという村人の持ち家を借りることになっていた。その家では電気も電話もつうじていて、特に不自由を感じずに生活していた。なによりNの家族は人当たりがよく、親切で、海豹狩りやアッパリアス猟にも連れて行ってくれた。特に息子のIは毎日のように私の家にお茶を飲みにやってきて、われわれの間には良好な関係が築かれていた。

ところが七月中旬のある日突然、私はNから家を移ってくれと退去勧告めいたことを言いわたされた。私の家には八月から息子のIが住むことになったというのだ。

急にIが住むことになった理由は定かではないが、Nは新しいモーターボートの購入資金に私の家賃をあてにしていたので、それをあきらめるほどのっぴきならない理由があったはずだ。

私にはピンとくるものがあった。Iは六月まで彼女と一緒に別の人の持ち家を借りて住み、事実上の夫婦生活を営んでいたのだが、私が一度目のカヤック旅行からもどってくると、彼はその家を引き払ってNの家にもどっていた。一緒に住んでいた彼女の姿が見当たらないのでどうしたのか訊ねると、Iは、別の村の実家に帰っていると寂しそうな顔でつぶやいた。Nから家を出て行ってくれと言われたとき、私にはIのこのしょんぼりした顔が思い出された。これは私の邪推だが、Iがカネがなくなって借りていた家を引き払うと、彼女は彼の親元に住むのを嫌がり実家にもどったのではないか――。なにくれとなく私のことを世話してくれるこの好青年が男の岐路に立っていると憶測した私は、Nの唐突な申しわたしを快く受諾し、彼がかわりに用意してくれた別の人の持ち家に引っ越すことにしたのだ。

この引っ越しは二度目のカヤック旅行に出発する前日に慌ただしくおこなわれた。家の持ち主は五十キロ以上離れた隣町のカナックに住んでおり、Nはこの大家に連絡をとって、私がカヤック行からもどるまでには電気がつうじるように手配しておくと約束してくれた。しかし、その日暮らしをつづけてきた狩猟採集民族であるイヌイットの約束はなかなか実行されない。危惧したとおり、村に帰るとやはり電気はつうじていなかったのだ。

＊

その後の調査により、この事態にはさらに厄介な事情が絡んでいることが判明した。じつはこの家には以前、イヌイットの若者が私と同じように賃借して住んでいたのだが、インターネットを使いすぎて料金を支払えなくなり、結局、電話代と電気代を踏み倒して逃げてしまったというのだ。この若者もカナックの町に住んでいるらしく、大家は「お前が電気代を払わないから日本人が困っているではないか」と何度か支払いを催促したが、応じる様子は一向にないようである。

それを聞いたとき私は、なぜそれを先に教えてくれなかったのだ……と大変残念に思ったのだが、今更それを責めたところで詮無いことである。グリーンランドのネット料金は日本では想像できないほど高額なので、私が十一月に探検に出発するまでの

グリーンランドで村人から千クローネ（約2万円）で購入した米国ウィンチェスター社の「M1917」。1917年に開発された骨董品に近いライフルだ。

間にこの若者が支払いに応じる可能性は極めて低いだろう。

　ということで村にもどって二週間がたった現在、私の家にはまだ電気がつうじていない。電気がないと、この集落の生活状況は植村直己が来たその昔と何も変わらない。私は毎日トイレをバケツにすませ、海岸に漂着した氷山の破片を拾いに行き生活用水を確保し、そして原稿を書くためにコミューンという役場のような施設に行き、何食わぬ顔でパソコンにコンセントをつなぎ電気を盗んで充電する（たまに誰かにコンセントを抜かれている）。これもそのようにして書かれた原稿である。

　すでにシオラパルクでは白夜が終わり夜のとばりが降りるようになった。ここ数日来、雪が降り積もり、景観はいかにも極地らしい陰鬱なものに変わりつつある。いよいよ冬が近づいてきたのだ。夜になると周りの家の窓からは白い電灯のあたたかい光が漏れ、村に数本立つ街灯にも明かりがともるようになった。だが、私の家だけは周囲と時代に取りのこされたように暗闇に閉ざされており、石油ランタンがオレンジ色のうすら寂しい光を放っているだけである。

　私が借りていたNの家には今、実家からもどった例の彼女と一緒に住むIの笑い声が幸せそうにひびいている。二人で仲よく肩を並べて村のなかを歩く姿もよく目にする。おめでたいことに、彼女が懐妊したことも判明した。Iの子供は来年四月、予定どおりいくと私が一冬にわたる極夜探検を終えて村にもどってきたころに誕生予定だという。

　おめでとう、I。心から祝福します。でも、あなたに家を譲ったことで、どうやら私はわが子の顔をしばらく見ることができなくなってしまったようです。そして家のなかがとても暗くて不便です。

極夜探検の延期

先月号で書いたシオラパルクでの無電生活についてだが、有難いことにゲラができて数日後に電気はつうじるようになった。極夜に突入するというのに電気がないという窮状に憐れを感じたのか、村の電気技師Ｐが首都ヌークの電力本社に何度も電話で事情を説明してくれたらしい。ある日突然、私の家の玄関脇の電力盤の表示ランプは、電力使用不可を示す赤から使用可を示す黄に変化していた。大喜びで電気技師Ｐの家に駆けつけると、折悪くＰは、年に二回だけ村にやって来る大型貨物船のフィリピン人船員から千クローネ（約二万円）もの大金を払ってウイスキー一瓶を購入し、隣人Ｑと大いに盛りあがって一瓶スッカラカンに空けたところだったが、数時間後に酔いの醒めた頃合いを見計らって私の家にやって来て、文明の灯りをともしてくれたのだった。

＊

さて、ここまでは前号のつづきで、今回書きたいのはそのあとに起こった出来事だ。

電気がつうじてから数日後のことだったと思う。村で長く生活する大島育雄さんから海豹や兎なら旅行者でも狩猟許可がとれると聞いた私は、早速、カナックという隣町にある警察署に電話をかけた。ところが警官から言われたのは、狩猟許可とはまったく別の許可のことだった。

彼はこう言った。あなたは滞在許可が切れているから日本に帰らなければならない、もう村では生活できないよ、と。

私は頭が真っ白になり、え、どうしてと問いかえしていた。警官にはそのとき片付けなければならない仕事が山積みだったようで、あとで電話をするからと言って、結局、その日のうちに電話はなかったのだが、翌日こちらから問いあわせてみたところ、どうやら七月の段階で私はデンマーク当局から出国するよう命じられていたらしい。つまり一年におよぶ探検計画を、準備がすべて終わり出発を待つばかりとなった段階で断念しなければならなくなったのだ。

ことのデリケートな経緯について、現段階ですべてをつまびらかにすることは難しい。シオラパルクに長期間滞在し、十一月から極夜の探検を実施することについては事前に地元警察に伝えており、七月の段階では協力的な態度を示されていた、というところまでしか触れることはできない。だが、とにかくこの警察とのやりとりをつうじて、私は今回の探検が実行可能だと判断したから現地に留まっていたわけだ。それが急に出発まで一カ月を切った時点で梯子を外されたみたいにダメだと伝えられ、失望のどん底に突き落とされたのだ。出国を命じられてからも三週間近く、しつこく探検の実現に向けて当局と交渉をつづけたが、最終的にはそれも失敗に終わり、今、私は帰国途上にあるコペンハーゲン中央駅裏の一つ星の安ホテルの一室でこの原稿を書いている。

＊

決して探検が中止になったわけではない。現段階では一年間待って、来年実施することは十分に可能だし、そうするつもりである。最終的に探検を延期して帰国を決めたのも、今年の実現にこだわって現地での交渉を長引かせると、来年の実施さえ難しくなる恐れがあったからだ。その意味では私は冷静に大人の判断をくだして次善の策をとったといえるわけだが、しかし半年かけて準備をし、そのまま現地に留まり、最長五カ月にもおよぶ探検に出発するという大きなこだわりは崩れ去ることになった。

なぜ、旅の期間にこだわりがあったのか。それはたぶん私に焦りがあったからだと思う。

いつからかは忘れたが、私は人生で最高の仕事ができるのはわずかな時間にかぎられていると考えるようになった。ある種の人生観だといえる。年齢を重ね経験を積むことで、たしかに知識や技術は蓄積され、それによって思考も深まり、自分の想像力でカバーできる領域が広がっていく。つまり世界は広がっていくのだが、しかし一方で感受性は鈍磨し、知覚が外界の現象に対して機敏に感応する機会が徐々に失われてもいく。青年期ならではの物事に対する切実さも落ちていき、実存的なことにストイックに悩むこともなくなるだろう。私のように探検という肉体を駆使して何かを表現しようとする者にとっては、衰えていく体力も無視できないものがある。その経験をもとに上がっていく能力と、年を経ることで落ちてゆく能力。両者がもっとも高いレベルで調和した状態にある期間のみ、その人の最高の仕事、もっとも充実した活動は可能となる。そしてその期間はおそらく五年ほどしかない。その五年をつかまえないと、人生で本当に納得できる作品は残せないのだ。

数年前から私は、自分が今、その五年に差しかかっていることを如実に感じていた。そして今は、その五年が終焉に近づこうとしていることをひしひしと感じる。それは生きることに対する切迫した衝迫の有無にかんする問題なのかもしれない。その衝迫こそが言葉を生み出し、私に探検をもとにした物語作品を書くことを可能にしてきた。それが、あと一年か二年で尽きるのではないかという恐怖にも近い感情が、今の私にはある。

＊

今がもっとも充実した五年にあることを意識しながら、ここ数年間準備に取り組んできたのが極夜の探検だった。二〇一二～一三年冬にカナダに行き、暗闇のなかを天測で歩き、翌冬から舞台をグリーンランドに移して本格的な長期探検の準備を進めてきた。今年はついにそれを決行するため、四月に橇を引き、夏にカヤックを漕いで本

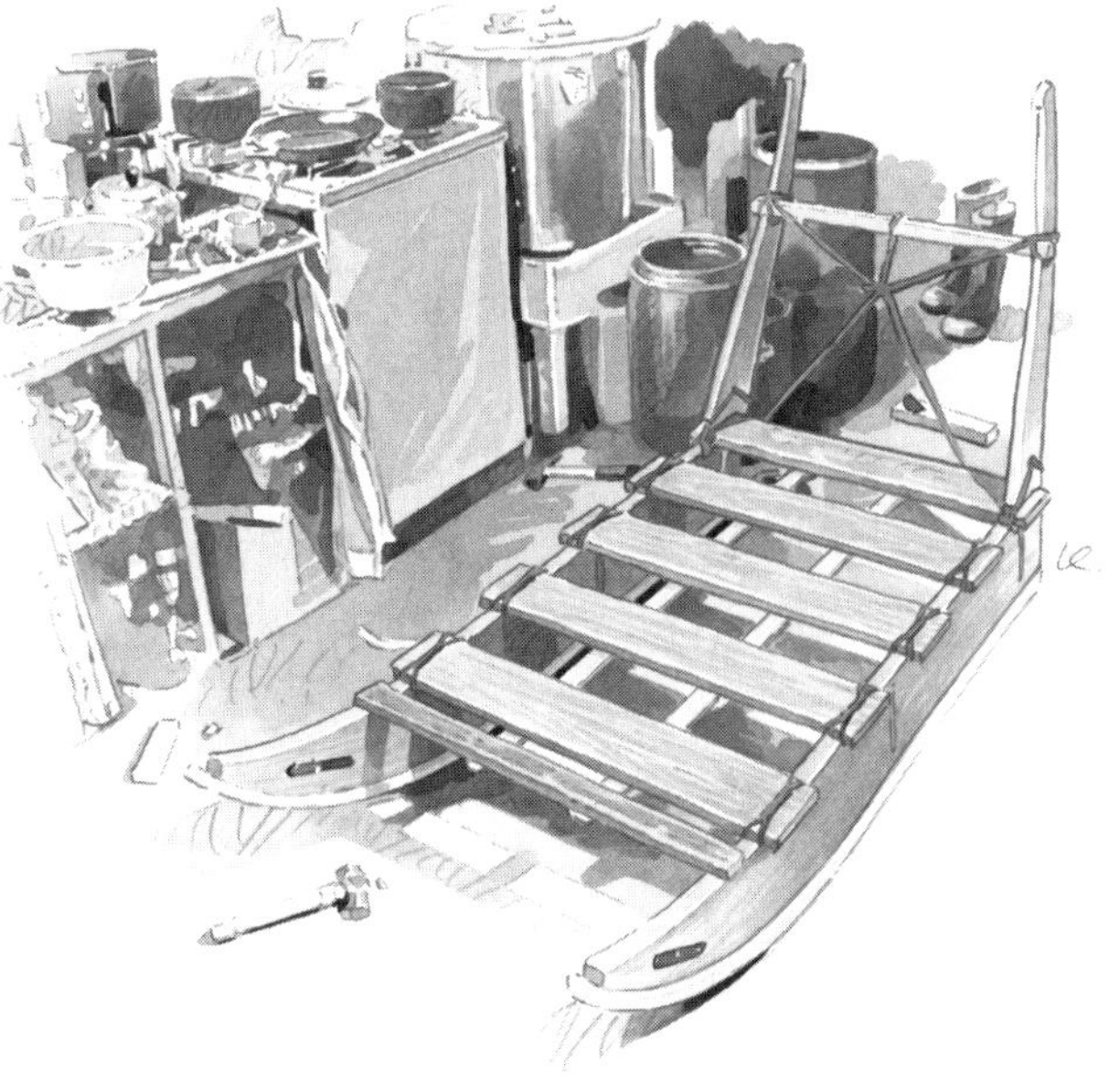

カヤック行から帰ってきて、シオラパルクで作っていた木橇。日本の知人が強固なブナ材を送ってくれたが、探検は来年までお預けとなった。

番の探検のためのデポを設営し、そしてそのまま帰国せず、橇や毛皮服を製作しながら太陽が沈むのを待っていた。一年間現地に滞在し、家族と別れて極夜世界を旅することで、私は〈日常から非日常へ〉という冒険行為が古来持つ物語構造をシンボリックに表現できると信じていた。この構造を維持しつつ極夜へ向かうことにより、人生で最高の五年間をかけて培ってきた作品づくりは理想的なかたちで終焉するだろう。そこでは過去二十年間の歩みと、その間、思考し、獲得してきた言葉の数々と、それらの全重量を支えるだけの深く、厚みのある身体表現が実践される。そう期待していたのだ。

だが、それは実現せずに終わることとなった。家族のもとにもどった時点で、〈日常からの長期離脱〉という、梁として物語を支える構造の重要な一部が欠落する。そうである以上、たとえ来年実施できても、私はもう理想的なかたちでこの探検を作品化することはできない。

たとえ一作でいいから自分で納得できる理想的な作品を書くことが作家という人種の最終目的なら、自分はもうその目的を果たせないのではないか。少なくとも探検行為によって世界観を表現するかぎり、今度の一年間の旅で目論んでいた以上の構造の物語を構築することは難しいだろう。新しい探検を模索しても、それを実現するには再び数年の歳月を必要とするし、そのとき私は今ほど切実な言葉を持ちあわせていない気がするからだ。

自分の人生とはいったい何だったのだろう。帰国を決定したときは、そのような虚無にも近い激しい自己嫌悪に襲われた。今はある程度回復してはいるが、この結末をどうつけたらいいのかは、まだわからない。

第三章

新しい世界の創出

自転車。その曖昧な存在

近年、自転車を運転する人のマナーの悪さがとみに問題視されるようになってきた。街中を歩いていても、歩道を猛スピードで通過する人や、交差点で注意を怠り自動車と接触しかけたりする自転車をしばしば目にする。事故も増えてきたようで、お年寄りや幼児などが巻きこまれる死亡事故も年間、四〜五件ほど発生しているらしい。

こうした自転車事故の増加をうけ、政府は近年道路交通法を改正し、自転車の危険運転に対する罰則を強化した。これまで自転車は自動車とちがって、青切符による反則金を徴収されることもなく、赤切符による罰金対象にしかならなかった。赤切符をきると刑事罰に処せられたことになり前科がつくため、当局側もよほど悪質な事例でないかぎり摘発することができなかったのだが、今度の道交法改正で自転車も青切符対象となったことで、違反者に安全運転講習の受講（有料）を義務づけるなど、比較的軽微な違反でも取り締まることができるようになったという。

私も正確なところはよく知らないのだが、スポーツサイクル人気の高まりなどを考えると自転車愛好者数は以前にくらべて増えているのだろう。『ビーパル』（本連載の掲載誌）もアウトドア雑誌という性格上、読者のなかにも普段から自転車で通勤通学している人は多いことだろう。かくいう私もその一人（通勤通学はしていないが）で、自宅から一時間程度で行ける場所なら電車ではなく自転車を使う。自転車は経済的だし、健康にもいい。片道一時間、往復二時間漕げば、そこそこの運動にもなる。駅まで歩くわずらわしさがないし、せっかちな私にとっては電車の乗り換えを待たなくていいことも大きなメリットだ。欠点らしい欠点といえば移動中に本が読めないことと、予期せぬ降雨でたまに全身がずぶ濡れになることぐらい。最近は妻も電動機つき自転車を購入したので、子供を乗せて家族三人で早稲田あたりのラーメン屋まで出かけることも少なくない。

そんな自転車愛好者の一人として、最近の自転車バッシングは関心の高いニュースだった。正直いって、私もこれまではさほどマナーのいい自転車乗りだとはいえなかった。もちろん家族で移動するときは子供の安全もあるので忠実にマナーを守って運転しているが、一人で乗るときは、周りを見て車や横断歩行者の邪魔にならないと判断すれば信号無視もするし、歩道と車道を乗りわけたりもする。違反場所に駐輪して撤去され、罰金五千円を払って返してもらったことも三度や四度ではない（私のホームタウンだった東京都豊島区はとにかく頻繁に自転車を撤去するのだ）。そんな乗り方だったので、近年の自転車のマナーの悪さに対する社会的な関心の高まりは他人事ではなかった。歩行者を危険に晒《さら》すような運転は決してしていないつもりだが、道交法の忠実な順守者とはいえないからだ。

＊

しかしその一方で私には、このような表面的な改正ではたして自転車問題は解消されるのだろうかという根本的な疑問もある。自転車に乗っている者からすると、自転車運転のマナーが悪くなる背景にはインフラ面からみた必然性があるように思えるのだ。地方はまだしも、東京を中心とした大都市部の社会資本整備の点からみると、自転車に十分な居場所が与えられているとは全然いえない。

そもそも道路交通法の区分によると自転車は〈車両〉の一つと規定されており、車両である以上、基本的には〈車道〉を走らなければならないことになっている。しかし、東京で自転車に乗っている人なら誰でも知っているが、日本の車道は自転車が安全に走れるようには作られていない。路側帯は狭いか、あるいは存在しないため、車道を走る自転車は、横をびゅんびゅんととおりすぎる自動車と歩道との間の、非常にせまい部分にはさまれることになる。しかも、こうした自転車が追いやられる車道の端っこには排水溝の蓋で段差ができている場合が多く、この段差でバランスを崩さないようにしながら、かつ十五センチほど脇を通る自動車にはねられないように注意しなければならないという、じつに際どい運転を強いられる。自動車から見るとすぐ脇をふらふらと危なっかしく走り、しかも路駐の車を避けるために急にハンドルを切ったりする自転車は、動きが読みにくく鬱陶しいことこの上ない存在だ。そのため血の気の多いドライバーは平気で幅寄せしてくるし、幅寄せされるとこっちも頭に来るので、向こうが信号待ちで停まったところを追い抜きざまに睨みつけたりして、ほとんど喧嘩腰での運転となる。

このように車道はまともに走れる状態ではないので、多くの自転車は歩道を走ることになる。しかし歩道にはしばしば人が溢れかえっており、その結果、自転車による人身事故が後を絶たないということになる。

ややこしいのは歩道のなかには自転車走行が認められている道路もあることだ。しかしこうした走行可能な歩道は現れたり消えたりととても中途半端なため、自転車運転者からすると、それなら最初から車道を走るよ、という気持ちになってしまう。

＊

つまり、われわれ自転車運転者はいったいどこを走っていいのかよくわからないのだ。車道を走る規則なので、それを守ると何故か車のドライバーから嫌がらせを受け、しょうがないので歩道を走ると今度は歩行者から危ないと怒られる。法律的には車両と規定されているのだが、歩道のなかには走っていいところもあったりして、何が何だかわからないうちに、現実として日本の自転車は車側に属した存在なのか、歩行者

３年ほど前に買ったビアンキの自転車を愛用。価格は６万円ぐらい。本格的なものではありません。山手線の内側は、だいたい自転車で人力移動しております。

側に属した存在なのか曖昧になっている。いわば自転車運転者は居場所がしっかり定められていない道交法における〝ボーダレスの民〟である。そのため当人も車道を走ったり歩道を走ったりして、自分の都合で勝手に車両になったり歩行者になったり身分を変化させる。自転車による信号無視など、ほとんどがこうした〝ボーダレスの民〟的な意識の結果だろう。車道を走って赤信号で停まったら急に車両であることをやめて、歩行者に成りすまして横断歩道を横切るというわけだ。

自転車のマナーを改善する抜本的な対策は、きちんと居場所を与えてやることにつきる。最近では山手通りなどの一部で、歩道のなかに自転車用の道路ができているが、歩道が色分けされているだけなので、歩行者がそれと気づかず歩いていたりして逆に危ない。日本の道路当局の自転車政策は何もかもが実情無視で中途半端だ。これだけ道路に自転車が増え、人身事故も起きている以上、問題を運転者側の意識に帰すだけではなく、もっと具体的な対策が必要なはずである。

私個人の意見をいえば、車道の端に二メートルぐらいの幅でいいから白線を引いて自転車専用路側帯をつくってほしい。車道に居場所さえ設ければ自転車は名実ともに車両としての地位を獲得し、自動車のドライバーも幅寄せしなくなるだろうし、自転車乗りの意識も「俺たちってやっぱり車両だったんだな」「わたしたちってそもそも車両だったのね」と変化する。意識がかわれば、急に歩行者に成りすまして信号無視したり歩道を走ったりすることもなくなると思うのだが。

私、お金もらってないんですが……

先日、北アルプス槍ヶ岳への正月山行から帰宅すると、二歳になる娘がたんまりとお年玉袋をためこんでいた。妻が母親筋の実家に帰省していて、親戚の人たちからもらったらしい。もちろんオムツもとれない二歳の幼児に現金を使いこなせるわけはないので、もらったお金は妻の裁量に任せられることになり、お年玉も含め、子供に対する祝い金関係は将来の学資等のために貯金しているという。

と、それはいいのだが、驚いたのはお年玉の金額だ。なんと二歳の子供がもらったお年玉は総計五万円。これにはさすがに私も度胆を抜かれた。自分の〝お年玉史〟を振りかえると、幼稚園児や小学校低学年ぐらいまでは、たしか五百円玉とか千円ぐらいで、百円玉三枚という親戚もいて、そういう人に対しては子供ながらに非常にガッカリした記憶がある。そして、そうした小銭をかき集めて駅前のおもちゃ屋でガンダムのプラモデルを買ったりした。それが二歳の子供が五万円！　なかには五千円とか一万円とかくれる親戚もいたらしい。時代の変遷だろうか……と思ったが、しかしよく考えてみると、私がお年玉をもらっていた三十数年前と今とでは、さほど物価も大きくは変動していない。少なくとも五百円が五千円になるほどの変動はない。だとすると人々の金銭感覚がかわったのか、子供に対する甘やかし度数があがったのか、はたまた私の娘がかわいすぎるので大人たちもついつい一桁多い金額をあげてしまうのか、あるいはただ単に妻の実家筋の親戚に裕福な方々が多いのか（だとしたら私はいい人と結婚したのかもしれない）。いずれにしても娘の年齢が二歳である以上、このお年玉は事実上、わが家の家計のどこかに組みこまれるわけで、私としては新年早々、大変ありがたい話ではある。

*

お年玉のことで、ふと、思い出した。私はかねてから一度、自分の活動にともなう金銭的支援に関してひとこと申しておきたいと思っていたのだ。

自意識過剰気味な私はしばしばグーグルやツイッターの検索ボックスに自分の名前を打ちこみ、しばしばネット上の世評などをチェックする。以前、そんなことをしていた折、ある匿名のブログに、私が本を書くのはそれを名刺代わりにして冒険のスポンサーを募るためだ、といった事実無根なことを書かれているのを見つけ憤慨したことがある（こういういい加減なことを無責任に書く輩がいるので、私はネットに匿名で何か書いて、あたかも自分の意見を発表したつもりになっている連中を軽蔑している）。この際だから言っておくが、私はこれまで自分の探検活動のために金銭的な支援を受けたことは一度もないし、そのための営業活動をしたことも一秒たりともないし、また金銭的な支援を受ける意思もまったくない。仮に私の活動に共鳴した某企業の社長から支援したいと申し出を受けても、私はそれを丁重にお断りするだろう。

私には自分がやっているような探検や冒険は所詮、個人的な旅なので、他人からお金をもらうようなものではないという感覚がある。旅が自己認識から派生する行動である以上、そこに他者が関与する余地は基本的には一切ない。これは個人的な美意識の問題になるかもしれないが、私は探検を一般的なバックパッカー的個人旅行の延長線上にある形態でやりたいと思っている。形式論であるが、あり方として個人旅行の領域内におさめておきたいという気持ちが強いので、企業をふくめた他者から金銭支援を受けてその形式を侵すのが単純に嫌なのである。もっとはっきり言えば、何で他人からカネまでもらわないといけないのだと、そういう反発が根本にある。

同じ理由から、自分の活動が応援されたり後援されたりすることに対しても、正直言って戸惑いの気持ちがある。自分の活動は純粋に個人的興味にもとづくもので、また内面的な問題意識から派生した行動にすぎないので、他人から励まされるような類の行動ではない。だから、他者からお金をもらうこともそうだが、たとえば事務局や後援会のような組織ができあがり、多くの人が私の行動に携わるような事態になることは絶対に避けたい。私はただ単に、ぶらっと世界の最果てに行き、そこを探検して文章で表現したいだけで、最後の文章表現を他人が読むという部分をのぞき、自分の行為と表現に他人が介入する部分を可能なかぎり減らしたいと思っている。

＊

同じことは冒険論の観点からも言える。今述べたように探検や冒険が旅であり、旅が個人的行為である以上、その価値は行為者個人が感じることのできる自由に帰せられる。では探検や冒険における自由とは何かというと、それは自らの行動と生命を可能なかぎり自らの裁量の範囲で判断、維持管理することによってもたらされる状態であり、一言でいえば自律性である。自由という概念について詳述すると一冊の本ができあがるので、ここでは簡単にしか触れないが、冒険により感じられるあの「生きている」という実感は、すべてこの自由であるという状態によってもたらされる。

行為の充実度を高めるためには自由度を高める必要がある。そして自由度を高めるには行為中の時間と空間に対して自己が関わる領域を広く、そして深くする必要がある。この原則を貫くには、可能なかぎり、かつ全般的に、自分の行為に対して他者が介入する要素を排除するのが望ましい。したがって、スポンサーを受けないほうが行為の完成度は高くなる。

*

探検家カクハタが冬山に行くときに使っているワカン。5年ほど使っていたのが、留め具が壊れたので、一昨年、買いなおしました。

もちろんここに書いたのは基本的に観念的な原則論で、実際の人間関係のなかでは様々な現実的な判断が生じてくる。たとえば出発のときに知人が好意でくれた餞別《せんべつ》を拒否するかというと、そんなことはしないし、また私は数社のメーカーから衣類や装備、天測器具などの提供を受けている。金銭ではないものの装備だって立派な経済的支援ではないか、と指摘されれば、そのとおりである。ただ、なんとなく装備までなら自分の行為の土台が侵食されていない気がするので許容範囲だと考えているにすぎない。すべての申し出を拒否するのも野暮な気がするし、どんなに偉そうなことを書いても私はそこまで潔癖ではないし、堅苦しい人間でもない。最終的な線引きは恣意的に判断して、それに従っているだけともいえる。ただ金銭はＮＧ。金銭を受け取ると行為の性格が決定的に変質するような気がするので、それだけは絶対に受け取らないことにしているのである。

だから、これからネットで私のことを書く人は、たとえ匿名のいい加減な記事でも〈角幡の探検活動はすべて自分の収入によって運営されており、金銭的援助は拒否している〉と書くようにしてもらいたい。

ちなみに最後に一つ、つけくわえておくと、これまで私が金銭的な支援を提案されたことがあるかというと、残念ながら一度もない。だから今回書いたことは非常に虚しい犬の遠吠え、裸の王様のから騒ぎともいえる……。

道具・拡張・知覚

道具には大なり小なり人間の身体機能の拡張的性質がある。たとえば車輪は、それが登場する前までは人間の両足がになっていた歩行と運搬という機能を、効率的に拡張した機械であると定義することができる。

その拡張的性質をふまえると、道具には同時に人間の知覚機能の代替機能も付随していると理解することも可能だろう。車輪がない時代、人間は三十キロの重い荷物を背中にかついで山道を歩かなければならなかったが、大八車が登場すると、その重荷を荷台に載せて運べるようになった。大八車が登場した瞬間から、それまで人間が知覚していた〈三十キロの重荷をかついで山道を登る〉という経験は大八車の車輪に代替されることになり、その苦役もまた車輪がになうこととなった。

知覚という作用が身体と世界との接点で生じる感覚的な摩擦であるなら、人間は大八車という道具を開発することで、世界との接点をそれまでの両足の裏側から大八車の車輪に移したことになる。このようにして人間は古《いにしえ》より道具を開発することで知覚作用、すなわち世界との接点を己の身体から道具に移譲してきたわけで、その点で道具は必然的に世界を知覚する先端部分、すなわちメディアでもある。

＊

最近、身体と道具と知覚の関係について、いろいろ考えることがあったので、高いカネをはらってマーシャル・マクルーハン『メディア論』（みすず書房）を購入した。高価な学術書の例にもれず、今のところ机のうえの本棚で重々しい存在感をはなつだけで、まだ読みはじめていないものの、しかしパラパラとめくってみたところ、たぶんそんなことが書いてあるのだろうなぁとは想像している。

そのマクルーハンの本の冒頭に〈個々の拡張が個人および社会にもたらす感覚の麻痺〉という言葉がある。つまり道具＝メディアを無節操に利用すると人間は世界から切り離され、世界を知覚する能力が奪われる、ということなのだと思う。さきほどの例で考えると、車輪には人間とちがって刺激から感覚を生み出す神経系の伝達経路や受容体が存在しないので、車輪自体は山道の凸凹とした表面や斜面の傾斜などを知覚できない。「この道はじつに歩きにくいなぁ」というようなことを、大八車がつぶやいたりすることはない。

これが大八車ではなく馬などの家畜なら、運搬にともなう苦しさや疲労や不快を知覚することができるのだろうが、しかしその場合も馬の神経系と使役する人間の脳との間に接続回路が確立されていないため、人間は馬の苦しさを感じることができない。せいぜい馬の発汗量や鼻息の荒さなどから、「だいぶ疲れているようだからちょっと休憩しようか」などと想像をめぐらすぐらいで、最終的な馬への共感には絶対に到達できない。

同時に脳は非常に可塑性の高い器官なので、このように外界からの刺激がなくなり、知覚する経験が失われると、それにともなって脳の受容部位も変質をきたし、それまで知覚してきた重荷を背負う系の苦しさに対応したニューロンのシナプスが減少し、新たに出現したその無感覚な世界に対応した器官になり果てるだろう。そしてこのように脳の変質した個々人によって構成される社会もまた〈三十キロの重荷を担いで山道を登る〉という苦しさを知覚できず、想像すらできないものに変容していく、ということになるだろうか。たぶんマクルーハンがいいたいのはそういうことなのだと思う。読んでないから、まだわからないが。

*

冬山登山の道具のなかでそうしたメディア的性格を帯びたものの一つにアックスがある。アックスは、人間の裸の手足では手がかり足がかりのないツルツル・スベスベの垂直の氷壁を、登攀の対象に変えてしまったという意味で、新たな知覚の創出であったのかもしれない。固い氷にピックを突き刺したり、氷の突起や空洞にひっかけたりして氷壁を登るとき、クライマーは大八車を引く荷役人夫が山道の凹凸を感じるよりも鋭敏に、氷の状態について知覚することができている。べつにそれを握る手から神経回路が伸びてつながっているわけではないのに、クライマーはアックスを振るうことで氷の固さ、柔らかさ、粘度や強度を感じとり、その登攀の困難度を予測しながら、あるいは恐怖にすくみながら登る。つまりアックスを握ることで、人ははじめて氷壁と一体化できる。

アックスで感じとる氷の性質は、素手で氷をたたき割って登ることが不可能な以上、道具なしで知覚できるものではない。そう考えると、登攀におけるアックスの存在は、マクルーハンがいうところの〈感覚の麻痺〉とは別の、むしろ〈新たな感覚の創出〉という真にメディア的な側面を生み出しているのかもしれない。つまりアックスのような良質な道具には、身体の一部となって、それがなかったときには知覚できなかった人間と地球との新たな接点を生み出すという、もう一つの世界創出の効果があるようにも思えてくるのだ。

そうした感覚を私は登攀行為におけるアックスに対してのみ持つわけではなく、北極探検における橇の製作や銃器の使用、食料の自足といった一連の旅の製作過程においても感じることがある。〈私自身〉の拡張感、マクルーハンがいうような感覚の麻痺がともなうものではなく、感覚が広がっていく喜びのある拡張感である。道具が私自身の手足となり、神経系がのびていき、

3月4日、前穂高岳頂上で、アイスアックス（ペツルシャルレ／クオーク）が落下。表面にわずかばかりに積もった雪の摩擦でなんとか停止した。

知覚センサーとなって外の自然と融合する、そんな世界の広がりだ。

＊

先日、穂高で四泊五日の登攀&縦走を楽しんできた。その三日目、夕方の薄暮時に疲労困憊《こんぱい》して前穂高岳の頂上にたどりついたとき、私はうっかりアックスの片方を落としてしまった。風に叩かれて鉄のように固くなった傾斜二十度の雪面を、五年ほど愛用したアックスが滑りはじめる。それをなす術もなく見守ったときの喪失感といったらなかった。その喪失感は、この五年間が凝縮した、いわば思い出の結晶が失われていくというセンチメンタルな悲しみではなく、むしろもっと露骨な、大げさな言い方をすれば手足の一本でももがれるのに近い悲鳴のようなものだった。

このときの穂高周辺の雪の状態は、暖冬の影響でぐずぐずに緩んだ積雪が、数日来、上空に根を張った寒気によりガチガチに凍り、そのうえにペルーアンデスもかくやと思わせる霜ザラメ雪のシュガースノーが乗っかっているという最悪なもので、実際、アックスが一本ないだけで、果たして吊尾根《つりおね》を縦走して奥穂に行けるのか、不安になるほどだったのである。

結局、アックスがないと私は冬山にも登れない。やはり道具のメディア的特性はマクルーハンがいうように、人間の真の皮膚感覚を麻痺させ、手足のみで山に登る能力を奪い去ってしまうものなのだろうか。

幸運なことに、アックスは勢いを増そうとした刹那、表面の厚さ数センチの積雪の摩擦で急停止した。

鹿狩りと環世界

昔から狩猟と旅の組みあわせに興味があった。いつか狩猟免許を取得して、バイアスロンみたいに広大な山中で動物を撃ちながら山スキーで二カ月ぐらい放浪するような登山ができれば、最高だろうなと思っていた。しかし最近は北極探検に忙しくて冬は日本にいないことが多いし、それに今から狩猟メーンで活動しても、その分野にはすでに服部文祥《はっとりぶんしょう》という人がいるので表現的には二番煎じになる。などなどの理由で狩猟免許取得はペンディング状態がつづき、まだ取得に踏み出せていない。

その服部さんに、鹿狩りにつれていってもらう機会があった。時期は禁猟直前の三月中旬、くわしい猟場は企業秘密とのことなので、場所は東日本の山中とでもしておこう。知人を集めての宴席の場で大盤振る舞いするために鹿肉が必要になったらしく、私もたまたまその宴席に招待されたことから、じゃあカクハタ君も狩りに来る？　と誘われたのがきっかけだった。他には著名なシーカヤッカーの八幡暁《やはたさとる》氏もいて、口幅ったい言い方になるが、アウトドア関係者的にはなかなか豪勢なメンバーだったと思う。

なにしろ〈企業秘密〉なのでくわしいことが書けずに私ももどかしいのだが、前日のうちに都内で集合したわれわれは、レンタカーで某高速道路を移動し、夜おそくに昔の赤軍派の山岳アジトを彷彿とさせる秘密の狩猟小屋に到着した。三月に入ってからすっかり春めいた陽気がつづいていたのに、この日にかぎって久しぶりの大寒波に見舞われ、アジト周辺には十五センチほどの新雪が積もっている。ヘッドライトであたりを照らすと、鹿の足跡が深く刻まれ、山中に消えていた。

翌日は快晴、山々には暖かい陽ざしが降りそそいでいた。朝いちで小屋のまわりを探索したあと、場所を移して服部さんの猟場になっている山中をうろつく。狩りに同行したといっても、銃を持つのは服部さんだけ、同行者にすぎない他三名は彼の射撃の邪魔にならないよう三十メートルぐらい離れて歩くだけだ。獣の気配を感じると、服部さんは片手でわれわれの動きを制し、一人で先を偵察しに行き、獲物がいないことがわかると〈来い〉の合図を送ってくる。迷路のように林道が山奥までのびており、服部さんはそうした林道や細かな谷をつないで、めぼしい出没ポイントを自分の庭のように自在に見てまわった。

もちろん鉄砲を持っていない以上、われわれ同行者は服部さんほど主体的には行動できない。だが、やはり肉は食べたいので鹿の足跡には目がいくし、鳴き声に耳をすませたりもする。服部さんが見逃した獲物が木陰からひょっこり顔を出さないともかぎらないので、斜面も注視しながら歩く。そんなことをするうちに、山の顔がどことなく普段の山登りとはちがっているように感じられてきた。一本一本の木立や何気ない斜面の様子、林道のうえにつづく動物の足跡。普段は見逃しがちな山の細部が、その襞《ひだ》の隙間にいたるまで、なにか意味を持った存在として立ちあがってくる、そんな感覚がした。

このとき私は、生物学者ユクスキュルの有名な〈環世界〉という概念を思い出した。ユクスキュルの概念を私なりに説明すると、次のようなものだ。

生物はそれぞれの知覚に応じたきわめてかぎられた環世界に生きており、環世界の外は、その生物の認知能力を超えるので決して見ることができない。たとえばマダニは森のなかで哺乳動物の酪酸《らくさん》に反応して肌に食いつき吸血する生き物だが、マダニが知覚できるのは酪酸と、へばりついた哺乳動物の皮膚に生えた体毛のみであり、まわりにあるはずの色鮮やかな森の緑や新緑の香りは知覚できない。マダニの環世界にあるのは酪酸と体毛の二つの外部対象だけで、それ以外は真っ白な無の沙漠に等しい。

じつに貧しい世界に閉じこめられていると思ってしまうが、しかしよく考えれば、この環世界の閉鎖性はダニにかぎった話ではなく、人間だって固有のかぎられた環世界に住む存在にすぎない。人間は、人間が知覚する時間・空間・因果律によってこの世界は形成されており、すべての生物は、この人間が知覚しているのと同じ物理世界のなかで等しく生きているというふうに考えがちだが、じつはそれは大いなる勘違いで、それぞれの生物はそれぞれの知覚作用にのっとった閉じた環世界に生きているだけなのだ。

この環世界の概念を発展させると、同じ人間でも文化や宗教や言語によって環世界も変わることになるし、男と女の環世界もちがう。大人と子供の環世界も同じではないということになるだろう。

狩りに同行したときに私の目の前に立ちあがったのは、同じ山でもこれまでとは異なる環世界に属する山だった。かりに同一の冬山に登っても、目的が登攀と狩猟とでは登山者にひっかかるポイントはちがってくる。登攀目的で山に入ったときは、沢の結氷状況や温度や雪の状態などは気になっても、それ以外は目にはいらないまま目的の岩場や氷を目指していることが多い。だが、鹿が目的だと鹿のいる気配を感じとろうとして周囲を見回し、獲物のいそうな斜面の傾斜や木々の生え方、足跡の向きや状態などに気をくばる。それらは登攀のときには存在しないに等しかった山の表情だが、鹿狩りを目的にした途端、急に色づきはじめ、マタギにとっての酪酸のように自分に意味を与えるものとして存在しはじめる。そして、風景のなかに、これまで見たこと

「サバイバル登山家」の服部文祥さんと鹿狩りに出かけた。「サバイバル登山」とは、装備を最小限にし、狩猟や釣りをしながら食料を現地調達する登山スタイルである。

のなかった山の相貌が立ちあがってくる。同じ山のなかには無数の異なる環世界が平行して存在しており、視点や道具をかえることで今までとちがう環世界に入りこむことが可能となるのだ。

＊

予想に反してその日、鹿はなかなか現れなかった。一度、真向いの斜面にまとまった群れが現れたらしいが、距離が遠かったのか、射撃にまではいたらなかったようだ（私は離れたところで排泄に従事していたため、現場には居あわせなかった）。今日はダメかと諦観が漂いはじめたころ、前方を歩いていた服部さんが急に立ち止まり、われわれを片手で制して、斜面の下方に銃を向けた。そして膝をついて射撃の体勢にはいる。その姿を見たとき、私は、酪酸を知覚したマダニみたいだと思った。銃声が鳴り響き、ライフルから顔をはなした服部さんが静かにガッツポーズをした。

「猪だ！」

ウホーッ！　われわれは原始的な歓喜の雄叫びをあげて杉林の斜面を猿のように駆けおりた。百メートルほど降りると、服部さんが猪の首にナイフをあてて、頸動脈を切断してとどめをさすところだった。丸々と太った雄の猪。単独猟で猪を仕留めたのははじめてのことらしく、服部さんは堅い剛毛をわしづかみにして子供のように喜んでいた。われわれというギャラリー環視のなかで無事結果を出して面目を躍如できた安堵も、その笑みにはふくまれていたことだろう（こんなふうに第三者に原稿を書かれちゃうこともあるわけだし）。

家族サービス

夕方、半日課のランニングから帰宅して、居間の絨毯のうえで汗みどろになって腹筋運動をしながらテレビを見ていると、「ふなばしアンデルセン公園」というテーマパークがえらい人気で、この連休中、大混雑していますというニュースが流れていた。全然関心がなかったし、こういう夕方のニュースでよく見る、今これが人気ですみたいな特集って、ニュースというよりほとんど宣伝みたいなもんだから、この場合は、このふなばしアンデルセン公園というところからテレビ局に宣伝費みたいなカネが支払われているのかなぁ、などというどうでもよいことをぼんやり考えながら、私は腹筋運動からストレッチ体操に移行した。

テレビのなかでは、お約束ということで、妻子を連れて暑さと疲労で困憊している父親に現場のリポーターがマイクを向けた。父親はお約束的に「家族サービスですから」ともらし、それを受けてリポーターもやはりお約束的に「お疲れさまです」といたわった。

私は反射的に「サービスってのもひどい話だな」と、ついぽろりともらした。すると意外なことに隣にいた妻が過剰気味に反応した。

「私、家族サービスって言葉、大嫌い。なんで私がサービスされなきゃいけないの？」

自分がいつ家族サービスしたのか記憶にはなかったが、私は、なにやらよくない方向に会話が流れそうになっている不穏な空気を察知し、ひとまず妻に完全同調した。

「そうだよ。おかしいよ、サービスなんてさ。サービスってのは奉仕ってことだろ。滅私奉公ってことだろ。家族と一緒にいるのが自分も楽しいから旅行に行くってのが本来の姿なのに、サービスはないよな。おれなんてサービスなんて気持ちは皆無だもんね」

妻は無言になった。

＊

しかし考えれば考えるほど、家族サービスとはかなりおかしな言葉だと思う。何がおかしいかというと、この言葉がネガティブな語感で使われるのではなく、前向きな価値観を持った言葉として使用されているところが、おかしい。「いやー家族サービスだからさぁ」と言えば、すべてが免罪されるような語感がこの言葉にはあって、多くの人がその語感を都合よく使うことに、なにかこの国の人たちが持つよくない心性が表れているような気がして、おかしいというか、むしろ鬱陶しい。

平日は残業、残業で家族と会話をする時間もないし、有給休暇をとろうにも同僚に気兼ねしてとれない。妻は土日や連休ぐらいどこかに連れていけとうるさいので、本当は行きたくもないのだが、クソ暑くて混んでいるに決まっているふなばしアンデルセン公園に行き、予想どおりぐったりとしてしまった。それがいわゆる家族サービスである。それはそれで結構なことではあるが、しかし、わざわざ休日を使って、本当は行きたくもない行楽地に行って疲れて帰ってくるという自己犠牲をともなう奉仕活動を家族のためにやりましたよーと押しつけがましく言い繕うところが、どうも鬱陶しいのだ。

家族サービスとは普段、会社などに向けられている職場への忠誠を、家族に対して向けた滅私奉公的価値観の変形態だといえる。日本人にとっては職場も家族も自分が所属する場という意味では同じ。普段は自己を滅却して会社に尽くし、休日は家族に尽くす。自己さえ滅却しておけば、どういうわけかお疲れさまですと周囲の理解を得られるのである。

「家族サービスだからぁ」「お疲れさまですぅ」

このよく聞かれる会話のなかには、「私は普段は職場、休日は家族へのサービスに時間を奪われており、主体的に思考して行動する機会がありません。今回もふなばしアンデルセン公園のようなところに行き、無残にも汗みどろになりましたが、それも自分でやりたくてやったことではなく、家族を喜ばせようとして苦労した結果なのです」「まったくそのような行動は所属集団に対する帰依の態度を貫くために完全に自己を押し殺しているわけで、素晴らしいことだと思います。お疲れさまですぅ」という含意がある。本当はお父さんだって、ふなばしアンデルセン公園を楽しんでいたかもしれないのに、「いやー滅茶苦茶面白かったです」と快活に言うより、「家族サービスですから」とぐったりしたほうが、日本人の精神文化的な文脈ではなぜか収まりがよく、その収まりのよさに薄々気づいているから、わざわざその言葉を使う。そしてテレビ局も収まりがいいから「家族サービスです」と答えた父親の映像をあえて選んで流す。このように所属集団に忠実であることを装って自己を殺している状態をみんなでいたわりあう風景は、どう考えてもおかしいし、はっきりいって気持ちが悪い。この国の人々は集団から外れた行動をとる人間には〈自己責任〉という言葉で断罪するくせに、そのじつ、自分で行動を選択して、その責任をとるという自律性を放棄することを、全員でよしというふうにしている。

＊

そんな私が連休中、家族と何をしていたのかというと、秩父の某山中でキャンプをしてハイキングをしていた。妻から連休中は普段通っている児童館が休みだからどこかに行きたいと言われたのがきっかけだが、これは断じて家族サービスではない。

もともと今回の連休は三月に手術した左肘の回復がまだ完全ではないので、妻子を連れて山スキーにでも行こうと考えていたのだが、子供とキャンプ道具を全部背負って雪山に登るのは現実的ではないと途中で気づき、ハイキングに変更した。ところが、

2015年夏、極夜探検のデポを運ぶため、グリーンランド北西部をシーカヤックで旅した。夏とはいえ海上には無数の氷山が浮かび、潮の流れを受けて奇妙なかたちに変形している。同行者はカヤッカーの山口将大。

この雪ののこる季節に二歳半の子供を連れて登れる山は、じつは結構かぎられている。いや、贅沢を言わなければあるのだが、わがままな私には焚き火をして本物の火を見せたかった。それで今回はスキーは無理にしても、ぜひ娘と一緒に焚き火をして本物の火を見せたかった。それで途中に河原があってテントが張れて、こっそり焚き火ができるところがないか色々探したが、なかなかこれといったところが見つからない。南北アルプスや上信越・東北の山はまだ残雪が多いし、二歳半の子供を三千メートルの標高に連れていって大丈夫なのかも心配だ。

結局、移動の面倒も考えると関東近辺ということになり、そういえば（先月号で書いた）服部さんの猟場なら川もあったし人気《ひとけ》もなさそうで焚き火しても文句を言われないだろうと思い出し、同じ場所を再訪した。子供も川遊びも焚き火もできて、全員、超リフレッシュした。私も非常に楽しかったし、言葉の真の意味で家族サービスではなかった。

ちなみに冒頭のニュース番組にはつづきがあって、「家族サービスですから」のお父さんの後に、「子供のためですから」と話すお母さんが登場した。調子に乗った私はこの発言にもかみついた。

「子供のためとはひどいね。子供と一緒に遊んだら、自分だって楽しいはずじゃないか」

妻はこの発言には少しムカッときたのか、「あなたみたいに、子供と遊ぶときも自分のやりたいことを優先する態度って、世間の価値観からしたらずれてると思うよ」と今度はなぜかたしなめられたのだった。

今年の夏は漂泊登山

　現在、七月六日。まだ東京は梅雨明けしてないが、この原稿が出るころには真夏のカンカン照りになっていることと思う。今年は猛暑とのこと。今は梅雨の中休みだが、すでにその予兆を十分に感じられるぐらい暑い。皇居で日課のランニングをしていると、全身水浴びしたかのように汗みどろになってクタバりそうだ。どれぐらい汗みどろかというと、Tシャツがぴったり肌に張りついて乳首が浮き出て恥ずかしいほど汗みどろ。それぐらい、暑い。いやー暑い。でも、いい。それでいいのだ。今年は暑くなってほしい。ガンガン暑くなって超猛暑でOKである。

　今年は沢登りに精を出そうと思っている。沢はやはり暑いほうがいい。夏のクソ暑い陽ざしのなか、淵を泳いで越えたときのひんやりとした爽快感は何物にもかえがたい。それに今年は雨も少ないとかで水不足が心配されているとか。まったく沢登りにはもってこいだ。増水の心配も減るだろうし、平水なら突破できない淵や滝も簡単に越えられるかもしれない。猛暑さまさま、楽しみだ。

＊

　ただ、厳密にいえば、私がやりたいのは沢登りではなく漂泊登山である。漂泊登山とは何か。

それは登山道のない原始境を二、三週間かけてじっくりと彷徨い歩く、古くて新しい登山形態である。地図は持っていく。しかし、あらかじめルートは決めない。その場、その場の感覚で、のこりの食料や気分などを勘案しながら、今日はここまで来たから、明日からこっちに行こうかみたいなノリで、あくまでいい加減に山中を漂泊するのである。

登山道がない山域を選ぶからには藪漕ぎをするか沢登りするかしかないわけで、基本的に私は藪漕ぎは嫌いなので、沢を渡り歩くことになる。目指すのは山の登頂よりむしろ長期間、自然のなかに心身を埋没させて原始人の心境に近づくこと。昔のアイヌ民族には何年も山にこもって狩りや釣りをして生活し、ひょっこり集落にもどってきたなんていう強者がいたらしいが、その境地に近づくことだ。

登攀が目的ではないので、滝やゴルジュの発達した沢はなるべく避けて、登攀しなくてもいい歩き系の沢を選ぶことになるだろう。当然、漂泊なのだから、ガイドブックやインターネットで事前に情報を集めることは避けたい。なぜなら事前に対策を講じてしまうと、その場で思いもしない地形にぶつかったときの新鮮な感動が失われ、山と私の一体感が薄れるからだ。私が大事にしたいのはあくまで漂泊性。こんなでっかい滝が出てきちゃったよー、どうする？という現場での逡巡や、この沢は思ったよりゴルジュが発達していて面倒だから支流をつめて隣の沢に移っちゃおう、といった判断のなかに現場性は現れる。こうした逡巡や判断が事前調査とは無関係に、完全に現場での対応によって生じたときにはじめて、その行為は漂泊的になり、そして漂泊的になればなるほど山との合一は近づく。

また、漂泊という言葉にはなんとなく釣りが似合うので、釣りをしながら沢を歩くことになる。そのためにテンカラ釣りを春からはじめた。竿の値段は高かった。だから釣りも頑張りたい。沢を渡り歩いて釣りをするとなると、服部文祥の〈サバイバル登山〉に近づいているのか……と思われるのもしゃくなので、ヘッドランプや時計は積極的に使用することにする。あくまでこれは漂泊登山であり、登山＝冒険行為を〈計画〉することとの呪縛から自らを解き放つことを目的としているのだ。〈計画〉することは〈管理〉の発想につながる。〈計画〉ではなく〈漂泊〉し、〈管理〉ではなく〈自由〉に渉猟することで、山のそもそもの生の姿を発見するのが漂泊登山の意図なのである。

＊

この漂泊登山、数年前からずっと構想していたものだった。北極のように単調で厳格な寒さに支配されたギリギリとした世界で旅していると、どうしても日本の沢のように緑のみずみずしい、豊潤で変化にとんだ自然に身をおきたくなる。隣の芝は青く見えるというやつである。いつか数週間にわたる漂泊登山を夏におこないたいと思っていたのだが、昨年はずっとグリーンランドにいたし、一昨年は取材等で忙しくて時間がとれなかった。今年は絶好のチャンスなのである。

ということで最近は地図を見ては漂泊に適した登山道のない山域を探してばかりいる。だが、地図を見れば見るほど実際に漂泊するのはなかなか難しそうだ。

日本の山は林道が奥まで入りこんでおり、ここぞというところでダムに分断されているので、何日か歩いたら林道かダムか集落にどうしてもぶち当たってしまう。つまり漂泊に堪えうるほどのスケールを持つ原始境がなかなか存在しないのだ。そうすると長期間漂泊するには、ある一つの山域からダムや林道をまたいで隣の山域に移るしかなくなる。

　だがそれだと途中のダムや集落をうまくかわさなくてはならないので、まずはこの沢を登って次にこの沢を下りて、それからこっちの沢に移れば、ダムの直下の橋に下りられるので、林道を歩くのを最小限にとどめて隣の山域に移れるぞ、といった感じになってしまい、地形の弱点をつないだ合理的なルート取りにならざるをえなくなる。地図を見て合理的なルートを発見するのは登山の醍醐味だし、独特の快感もともなうので、通常の登山の〈計画〉としては素晴らしいのだが、それはあくまで計画、漂泊

フィリピン・ダバオ港を目前にして船員たちが1カ月ぶりの上陸を心待ちにしている様子。2014年にこのマグロ船に同乗し、グアムからフィリピンまで漂流した沖縄のマグロ漁師の生き様を取材した。この取材をもとに漂流漁師の故郷の漁村の風土を追ったノンフィクション作品『漂流』（新潮社）を書いた。

にはならないのだ。

　しかし、まあしょうがない。厳密なことは抜きにして漂泊ということでひとまずまとめよう。今のところの予定としては、梅雨明けに新潟の下田川内《しもだかわち》山塊から田子倉《たごくら》湖を越えて南会津一帯を漂泊。つぎに山形の飯豊《いいで》連峰一帯か朝日連峰一帯を漂泊などのプランを考えている。大胆に飯豊・朝日をまるごと漂泊というのもアリかもしれない。体力と精神力がつづけばの話だが。北海道の日高山脈も有力な候補地だが、日高では完璧な漂泊登山を実行したいので、下手に手をつけずにじっくりと取り組みたい。

　私の考える完璧な漂泊登山とは地図無し登山である。地図を持たない登山。つまりはじめて山に登ったアイヌや探検家たちと同じ目で山と向きあう行為である。私は数年前から地図のない時代の探検家や登山家には極地や山がどのように見えたのか関心があり、できればいつかそれを日高で実践してみたいと思っている。まったく概念を知らない広大な山域を地図を持たずに放浪したら、いったいその山はどのように見えてくるのか。おそらく通常の地図を持った登山とは異次元の経験となるだろう。そのときのために中途半端な漂泊登山は日高ではやらない。概念図や山の名前が頭に入らないように地図も見ないようにして、私のなかでは完璧な空白部として保存している。

　とりあえず梅雨明けしたら下田川内から南会津で一発目の漂泊だ。この号が出るころにはもう終わっているはずだが、はたしてどうなっているることやら。

漂泊登山中間報告

先月号で書いた漂泊登山の中間報告を少ししようと思う。

今年一発目の漂泊登山の舞台は、前回も書いたとおり、新潟県北部の下田川内山塊から福島県の南会津にかけての山域だった。中間地点となる只見《ただみ》の集落に一度下山しなければならない点がネックだが、両山域とも登山道や林道が少なく、全山濃密な藪におおわれ、盛夏ともなると夥《おびただ》しい数のアブや蚊やヒルが跋扈《ばっこ》する、わが国を代表する原始境だ。それだけに、容易に人間の入山を受けつけない。この千古の森が広がる二つの山域をつなげれば、濃密な自然のなかで自由な漂泊登山を堪能できるにちがいない。それが事前の目論見だった。予定では前半の下田川内、南会津、それぞれ実働一週間、予備日も入れて十日間ほど。途中の只見の集落で足りなくなった食料を買い足すことを前提に、合計二週間から二十日間の日程を組んだ。

＊

梅雨明け間近と思われる七月十八日に東京を出発。鈍行電車で入山地点となる新潟県五泉《ごせん》市に向かい、バスやタクシーを乗り継いで最初の沢である仙見《せんみ》川中俣沢《なかまたさわ》に入渓した。下田川内には早出《はやで》川や杉《すぎ》川という沢の世界ではわりと名の知られた大きな谷があるが、今回、この比較的マイナーといえる仙見川中俣沢を最初の沢に選んだのは、早出川などにくらべてゴルジュの発達が深くなく、わりと取りつきやすいように思えたからである。ザックには十日間分の食料を積みこんでおり、荷物の重い最初の段階で、ゴルジュがつづく悪い沢はちょっと敬遠したかった。

沢の単独行で一番怖いのは、なんといっても滝やゴルジュの高巻き中に滑落することである。特に越後や会津の豪雪地帯の山は谷が深くえぐれ、スリッピーな泥つき草つきの斜面がつづくので、荷物が重いとそのぶんリスクは増す。沢の単独行での滑落は基本的に死を意味する。運がよければ骨折程度のケガですむかもしれないが、このような原始の山の沢筋では携帯電話がつながる可能性が低いため救助も呼べないし、登山道もないので自己脱出もまず不可能だ。言いかえると、この種のリスクを受けいれて、さらに事故らない自信がないかぎりは、漂泊登山のような長期山行は不可能だし、本当の自由を得ることもできない。

*

入山後は好天がつづき充実の山旅となった。仙見川をつめてからは隣の赤倉《あかくら》川源流に下りたち、堂《どう》ノ窪山《くぼやま》脇のコルを越えて光来出沢《こうらいでさわ》源流に下りたつ。下田川内の沢は白い岩肌、エメラルドグリーンに輝く水と、美しい沢が多いが、そのなかでもこの光来出沢は出色の美渓であった。滑り台のような滝、深く透明な水をたたえた音のない瀞《とろ》。息をのむような光景がつづく。魚影も多く、テンカラ釣りの要領もだいぶわかってきて、魚もポンポン釣れた。

沢登りの世界では遡行図といって、滝や廊下の位置、高巻きルートを記したガイドマップを携帯するのが普通だが、私の場合は五万分の一の地形図しか持っていかない。過去の記録をもとに遡行したら登山自体は楽になるが、自分の力でルートを発見する登山本来の喜びが失われる。それに遡行図がないと滝や淵の位置もわからないので、いきなり目の前に予想もしなかったような美滝が現れたりして、感動と面白さも増す。

　登山はおおむね快調に進んだが、それでもやはり豪雪の越後の沢。垂直の泥壁を両手で踏ん張り、草の根や根曲がりした潅木を必死につかんで悪場をなんとか突破するといった面倒な高巻きが多く、油断できない。特に源頭部が悪い。暗くえぐれた谷には登攀不能の滝が懸かっており、両側が滑りやすい草の急斜面にとりかこまれているだけに手間取ることが多かった。標高は低くても、緑におおわれた尾根や谷がうねうねと海のように広がり、山自体はおそろしく深い。漂泊登山で感じるのは、山の高さではなく深さだ。わけ入ってもわけ入っても山。やっていることは標高千メートル程度の低山における泥と汗にまみれた地味で汚い山登りだが、その危険度、必要とされる登山力は、下手なアルパインクライミングよりもはるかに高い。

　光来出沢を下降して、つづいて大川を遡上。支流の小又《こまた》川からふたたび藪尾根を越えて隣の砥沢《とざわ》川源流部を経由して、最後に叶津《かのうづ》川を下りた。沢から沢を漂泊的に渡り歩き、中間地点である只見の集落に下山したのは八日目のことである。温泉や旅館に立ち寄ると山へのモチベーションが薄れるので、只見では食料だけ買い足し、あえて駅寝でその晩をやり過ごして翌日から予定通り後半の南会津に突入するつもりだった。

　しかし、駅で寝ているうちに気が変わった。そこまでは面白い登山だったし、体力もモチベーションも落ちていなかった。しかし、なにかちがうような気がする。やはり一度、人間のいる集落に下りてしまうと、どうしても登山の継続性が薄れてしまうのである。

＊

今回、私がやりたかったのは二週間から二十日間にわたってどっぷりと原始の山に浸かることだった。以前から地図をじっくり検討した結果、それには日本でもっとも登山道が整備されておらず、個人的にも沢登りをしたことがなかった南会津がベストと考えたのだが、しかし南会津だけだと一週間から十日間ほどで終わってしまう。そこでより広大な山域を人為的に作り出すため、只見の北側に広がる下田川内山塊をくっつけたのだが、そのルート構成がちょっと強引だったかもしれない。下田川内で一週間、南会津で一週間、合計したら二週間の山になると単純に考えたが、やはり一度下山するとそれは二週間の山にはならず、

光来出沢の渓相。薄緑色の沢の水が太陽の光を吸収し、恍惚とするような色彩を作り出していた。

一週間プラス一週間にしかならなかったわけだ。

　昔から私は何日かけて山に登ったのか、その時間の長さを目安に登山の価値をはかる傾向がある。現代的な価値観からすると、登山の目的は登頂なので五日で登ろうが一週間で登ろうが結果に差はない。むしろスピーディーに登ったほうがシンプルになるので、現代では価値あるものとみなされる。しかし私は五日で登った山より、一週間で登る山のほうが深くて面白い登山になるような気がしてならない。それは私が登頂の成果より、山という不安定で混沌とした世界に留まること、それ自体に意味を見出しているからかもしれない。山とはそれ自体がリスクである。滞在時間が長くなると天候悪化の危険も高まり、そのぶん山の持つ不安定要因に身を晒《さら》すことになる。あえて山に長時間入り、山が持つ不安定な混沌に身を晒すことで、はじめて見えてくるものもあるはずだ。だからやっぱり一つの登山で二週間以上は連続的に漂泊したいのだ。南会津は日本で屈指の広大な原始境で、しかも個人的には足を踏みいれたことのない空白部だ。只見の駅でゴロゴロしているうちに、なんだかこのせっかくの空白部を残りの一週間程度で足早に終わらせてしまうのはもったいない気がしてきたのである。

　結局、八月にもう一度、二十日間近く時間をとって南会津だけを舞台に長期間の漂泊登山を実践してみることに決め、翌朝、鈍行で東京まで戻ることにした。登山もまた一つの作品だ。どうせなら納得いくものに仕上げたい。

漂白・漂泊・エロ登山

《予もいづれの年よりか、片雲《へんうん》の風にさそはれて、漂泊の思ひやまず、海浜《かいひん》にさすらへ……》とは松尾芭蕉『おくのほそ道』の有名な一節である。

芭蕉ではないが、私も近年は山々に吹き抜ける風に流されるまま飄々と深山幽谷を渡り歩き、自然のなかに深く埋没して己を見つめるような漂泊登山をしてみたいと願うようになった。

しかし考えてみると漂泊という行為、この忙《せわ》しない現代社会では死語のようなものかもしれない。現代では漂泊する時間もなければ場所もない。それ以上にわれわれの意識の構造上難しい。今ではアフリカや北極や中国の山奥などの辺境でもスマホでメール、SNSですぐに誰かとつながってしまうし、つながってしまうことでわれわれ自身が、つねに「誰かと連絡を取らなければ」とか、「誰かが私と連絡を取りたがっているかもしれない」といった半ば強迫観念に近い意識から抜け出ることができなくなっているからだ。

ワープロソフトで〈ひょうはく〉を漢字変換すると〈漂泊〉ではなく〈漂白〉が先に出てくるあたりが、なんでもかんでもきれいにクレンジングしたがる現代という時代の病理を物語っているようではないか。

＊

それにしても今回の漂泊登山は本当に台風に悩まされた。そもそも出発の時点で台風が襲来、いきなり二日ほど延期する羽目となり、東京を出たのは十八日となった。

前回、下田川内を漂泊した後に下山した只見の集落に到着し、早速、最初の沢である小出沢《こいで》西の沢に入渓した。翌々日に藪尾根を越えて隣の白戸川に移り、本流を遡行していく。白戸川は滝もゴルジュもない川原歩きが延々とつづく、まったく漂泊向きの悠々とした雰囲気に満ちた素晴らしい沢だった。岩魚もわんさかいて、釣りのほうも絶好調。しかし、ラジオの天気予報を聞いていると今度は台風九号が上陸するらしい。国民に緊迫感を持たせるためか、NHKの台風報道は大げさなぐらい不安をあおる傾向がある。ラジオを聞きながら、私はまた台風か……と落胆し、このまま沢中にいたら死ぬんじゃないかと心配になった。幸運なことに翌二十二日にまず百パーセント、落石、増水、土砂崩壊の危険のなさそうな場所が見つかったのでタープを張った。その直後から雨が降りはじめ十二時間つづく土砂降りとなった。

台風の後も天気はすっきりとしない。天上の楽園とも評される会津の秘峰・丸山岳では、上空に寒気が入りこんで雨混じりのガスの濃い天気に見舞われた。視界は悪いしクソ寒いし濡れた藪漕ぎでパンツのなかまでずぶ濡れになるしで、楽園というよりむしろ地獄である。震えながら下降路である大幽《おおゆう》東の沢から黒谷川まで下り、広河原沢という小さな沢を歩いていると、今度は熊と遭遇。さらに東に漂泊して倉谷《くらたに》沢、塩《しお》の岐《また》沢と岩魚の楽園のような沢を渡り歩き、徐々に終わりが見えてきたころ、再びラジオで先日の九号よりさらに強力だという台風十号が接近していることを知った。

同一山行中に二回も台風直撃をくらった話など聞いたことがない。そこから先は五日ほどかけて藪尾根を越え、いくつかの源流を渡り歩き、最後に御神楽《みかぐら》沢から会津駒ヶ岳に登頂するつもりだったが、正直、台風もう一発は御免である。しかしせっかく来たからには会津駒には登りたい。今回の漂泊登山はあくまで漂泊して登山するのが目的であり、この南会津の原始境を東西南北うろうろと彷徨い歩いてきたのも、最後に会津駒に登頂するための過程といえば過程だったからである。漂泊はあくまで会津駒に到るための登路、途中で下山してしまえば単なる漂泊で登山にはならない。

ということで翌日からシャカリキになって動いた。水中で気持ちよさげに回遊する岩魚を尻目にひたすら沢を登り、次から次へと藪尾根を越え、連日、二日行程のところを一日で突破して最後の沢である御神楽沢に到着した。

＊

南会津の名渓としてその名をとどろかす御神楽沢であるが、評判にたがわない素晴らしい景観がつづいた。白い岩のなかをしっとりと流れるエメラルドグリーンの水面には眩しい陽ざしが降りそそぎ、艶やかに輝いている。端正な落ちこみは気品を感じさせ、あたかも着物をはだけた女体のようだ。全体的に柔和で包容力があり慎みを感じさせる御神楽沢の沢身。この沢にはどこか女性的で、かつ官能的な雰囲気が感じられる。一見嫌らしいゴルジュが行く手をはばむが、近づくとホールドが豊富でいずれも容易に突破できる。追い詰めるように見せかけながら、必ず男に逃げ道を用意するのが御神楽沢の流儀なのだろうか……。上流に行くほど巨大な滝から飛沫をまきちらせるも、そんな怒ったふりをする姿もどこかいじらしく、薄紅色の蕾《つぼみ》のような乙女の恥じらいを思わせた。

まるでセックスのような沢登りだ、と私は思った。考えてみると、沢登りとは山と人間との間に交わされるセックスそのものである。パックリと割れた大地の裂け目からジュクジュクと液体があふれ出す沢は、形態的には女性器そのものであり、沢登りとは一粒の精子となりその割れ目のなかでゆらゆらと高みを目指す行為に他ならない。台風が接近するなか、無理をしてでもこの沢まで来た甲斐があった、じつに気持ちがいい沢だ……と私は何とも奇妙な心地よさを味わった。

夕方になると沢の脇の藪をかきわけてテン場を探したが、藪が濃くてなかなか見つからない。意外にも、その淑女のようなた

南会津・御神楽沢を奥につめたところにある、まるで観音様を思わせる小さな滝。思わず「御開帳〜！」と口ずさんだ。

たずまいとは裏腹に、御神楽沢には陰毛……ではなくて藪が鬱蒼と生い茂っている。なんてイヤラシイ沢だろう。御神楽沢は表と裏でその顔を著しく変化させ、暗くなっても決して私を眠らせようとしないのだ。ようやく見つけたテン場は藪のなかの妙に秘密めいた湿っぽい一角。夜中はいろんなところがグチョグチョに濡れて大変だった（もちろん雨で、だが）。

翌日、谷は雨でしっとりと濡れていた。私は真っ直ぐにのびる御神楽沢の整った美しい割れ目を丁寧になぞっていった。次第に強まる台風の雨、私自身の汗、それに御神楽沢の割れ目からはじけ飛ぶ液体が妖しげに混じりあい、一つに溶けあっていく。高みを増していき、ハアハアという湿った吐息とともに、私の肉体もまた熱くなってきた。そして肉襞をかいくぐるように奥へと身体をもぐりこませていくと、沢身は菊門のようにキュッと閉じたミニゴルジュとなり、その先で御神楽沢の美しい観音様が現れた。見事に縦割れした滝からはじけ飛ぶ白い飛沫。

「御開帳！」と思わず声が出る。

その先で私はこの沢を登りつめ、そして絶頂に達した。頂上はすでに台風の影響から風が吹き荒れているが、その風も今やどこか虚しく感じる。まるでコトが終わり、果てて力なく萎《しな》びたかのようになった。会津駒ヶ岳の山頂を尻目に、私は一つの行為を遂げた後に特有の虚無感をかかえながら、この山行ではじめて見かけた登山道を下った。

＊

下山して真っ先におこなったのは、もちろん風呂に入ることである。檜枝岐《ひのえまた》の日帰り温泉で五百円を支払って脱衣場に駆けこむと、大声を出してバカ話で盛り上がっていたオッサン三人が急に黙りこんだ。どうやら私の全身の毛穴という毛穴からは、海千山千の男たちが思わず口をつぐんでしまうような異臭が噴き出していたらしい。頭から足のつま先まで都合三回、丹念にゴシゴシと洗ってクレンジング終了。しっかり漂白のほうも終えて、無事、現代社会に舞いもどったのだった。

沖縄再訪で実感した海の民の懐の深さ

家族と一緒に沖縄を訪れた。宮古島の隣の伊良部《いらぶ》島には佐良浜《さらはま》というカツオ漁の盛んだった集落がある。佐良浜の人たちには近著『漂流』の取材で散々お世話になったので、家族バカンスも兼ね、彼らにお礼参りの行脚をすることにしたのである。

『漂流』は私にとっては四年ぶりとなる本格的なノンフィクションで、個人的には過去の本よりも深いテーマに切りこめたという大きな手応えがあった。この本の取材はある漂流事件を切り口にはじまった。一九九四年に本村実《もとむらみのる》さんというマグロ漁師が、救命筏で三十七日もの間、漂流し、フィリピンに流れ着いて奇跡の生還を果たす。彼に当時の話を聞こうと思って連絡を取ったところ、驚くべきことに本村さんは八年後に再び漁に出て行方を絶っていた。その本村さんの出身地が佐良浜だ。彼が奇跡の生還にもかかわらず再び海に出なければならなかった理由を探るうちに、私は佐良浜の特殊な海洋民風土に行き当たったのだった。

＊

佐良浜はじつに独特な地で、彼らの始祖として祀られている神様が中世の補陀落渡海《ふだらくとかい》という宗教的実践行を生き残った漂流者だったことにも、それはあらわれている。体内に漂流者の血が流れる彼らは昔から海技にすぐれた海人で、自分たちのことを池間《いけま》民族と名乗り、沖縄の他の地域と区別するほど誇り高き民だ。戦前では南方カツオ漁で太平洋地域に進出し、戦後にかけてはダイナマイト密漁に沈船スクラップ漁《あさ》りなど、危険と隣りあわせの漁で生計を立て、幾多の船が行方不明となり、集落の若者が消えた歴史があった。そんな土地柄なので佐良浜で聞く話は驚きの連続だった。本村さんの二度の漂流の背景に、佐良浜と彼が長年生きたマグロ漁という海の世界の力が作用しているのは間違いない。そう思った私は、彼らの風土史、精神史を本のなかで書き連ね、海に生きること、海の民の生き方そのものをノンフィクションとして描き出すことにつとめた。

しかし海の世界は常識に縛られず自由奔放である反面、世間の良識に照らすと眉を顰《ひそ》めるような話も少なくない。まあ、よく聞く話だが、海外の港で女漁りをして酒や博打に散財するといった放縦や、票をカネが集める裏金選挙の横行などは彼らの生活にはつきものだった。南方カツオ漁で太平洋に渡った船員の多くが現地で別の家族を持っていた（もちろん島の家族には内緒で）という話もよく聞いたし、また佐良浜の人たちが懐かしそうに語る終戦直後のダイナマイト密漁や沈船漁りも、当時の新聞には不法行為として厳しく糾弾されていた。モラルや遵法精神に欠けるといわれれば、そのとおりである。

＊

こうした話を聞くのと書くのとでは全然ちがう。話すときは楽しそうでも、実際に書かれたらおそらく誰もが不快な思いがするだろう。そのためノンフィクションの場合、取材先の悪い話は書きにくく、どうしても美談に陥りがちになる。しかし私は彼らの裏面史もふくめて全部書こうと決めた。そこまで書かないと海の民の歴史や精神の不可解さは表現できないと思ったからだ。もちろん登場人物は一人をのぞき全部実名。書きはじめるときは、全部書いてやろうという気負いのようなものが私にはあった。これは私と佐良浜漁師の対決だ。私が過去の探検行でつちかった自分の世界観でもって彼ら海の民の世界を叙事詩化し、物語として提示する。それを読んだら不愉快に思う佐良浜の人もいるかもしれないが、しかし世の中の隠された物語を説き起こすには徹底的に私自身の主観で突き進むしかないのだ、と。

＊

『漂流』はそういう本なので、じつは今回、佐良浜に再訪する前は正直、かなり憂鬱だった。もちろん私としては佐良浜の人たちに畏敬の思いをこめて書いたつもりだが、それでもオレたちのこんな恥部まで書きやがってと、彼らに袋叩きにされるのではないかと不安がないわけではなかったからだ。家族を同行させたのも、キュートな幼な子が一緒だったら、その場が平和な雰囲気につつまれて袋叩きにされにくいだろうとの狙いがあったからだ。

ところが意外なことに、実際に現地に行ってみると、取材でお世話になった多くの方がこの本を喜んでくれた。

もしかしたらこの人たちはちゃんと読んでいないのでは……。

そんな疑念すらわいてくる。二、三年前に取材した当時、私は仲間明典《なかまあきのり》さんという郷土史に詳しい方にお世話になった。今回も仲間さんに連絡を取っていたのだが、彼はいつものように行きつけのカラオケ居酒屋に友人たちを招き、泡盛をそそいで歓待してくれた。嬉しかったのは、本を読んで感動したことを伝えるために、わざわざ宮古本島から私に会いに来て、握手を求めた人が何人かいたことだ。

著者である私には彼らの恥部を書いてしまったのではないかという負い目があったのだが、彼らはまったくそんなことは気にしていなかったらしい。世間の常識からかけ離れた郷土史を持つ彼らは、そうであるからこそ自らの歴史に誇りがあり、おそらく誰かに語ってもらいたい、物語化してもらいたいという気持ちを強く抱いていたのだろう。取材の折々でもそれは感じていたが、実際に形にして本人たちから喜んでもらえると、本当に著者冥利に尽きる。それが彼らの怒りを買うのではと恐れていた作品だっただけに、なおさらだ。私はあんなに散々取材してきたのに、まだ彼らの海洋民としてのスケールの大きさ、細かなこと

昨年、宮古島と伊良部島の間に開通した伊良部大橋からダイバー船を望む。ここ伊良部の海は沖縄でも屈指の美しさを誇る。

など気にしない懐の深さを全然理解していなかったのだ。

二次会のスナックで、仲間さんから「よくやってくれた。佐良浜のことを表に出してくれて本当にありがとう」と何度も手を強く握りしめられたときは、本当に涙がこぼれそうになった。

第四章

自然と対峙する感覚

極地探検に向けた特殊訓練

　本日は二〇一六年十一月五日。現在、私はグリーンランド北西部の中心地カナックという集落にいる。

　中心地といっても、ここには中心地という言葉に値する何かがあるわけではない。厚い防寒着を着こんで白い吐息をあげて歩く人々。寒風に震えて悲哀をおびた目で見上げる無数のイヌ。赤や緑の同じような形をした小さな家々。ガチガチに凍ってスリップしてしまう道。そして生活雑貨がそろったスーパーマーケットが一軒。バーがあるという噂を聞いたことがあるが、酔っ払ったイヌイットに絡まれるのが面倒なので行ったことはない。人口は六百人ほどだろうか。まあ、まわりに三、四十人の猟師村しかないことを考えると、たしかに中心地的ではあるが、モノに溢れた東洋の魔都・東京から来たばかりの私の目には、やはり何もないように映る。実際ここには何もない。極夜の時期に入っているので、太陽すらないのだ。生憎《あいにく》の悪天候で上空には沈んだ重い雲が広がり、集落の空気は一日中、絶望的な冬の哀しみに満ちている。

　そのカナックで何をしているかというと、じつはただヘリコプターを待っているだけだ。昨年十月、在留資格の問題で延期を余儀なくされた〈極夜の探検〉の本番を実行するため、十一月二日に出発地点である地球最北の村シオラパルク入りする……予定だった。ところが中継地のカナックで悪天候のためフライトが順延となり、延々と待たされているのである。

待機三日目の昨日、滞在先の宿の主人であるハンスが食堂に入ってきて告げた。

「悪い知らせだ」

かの植村直己と親交をむすび、その柔和な表情からカナックの薬師如来像とも称されるハンスの口から告げられたのは、フライトがさらに延期され、月曜（七日）まで飛ばないというニュースだった。まったくなんということだ。いったいいつになったら探検の準備に取りかかれるのか。探検の本番直前で足止めをくらい、ＩＣの集積回路のように精巧に組み立てられていた私の探検計画は早くも修正を迫られつつある。風雪が吹き荒れる町の様子を窓から見ながら、私の心は千々に乱れた。二十四時間中二十時間闇につつまれるこの町で何をしたらいいのか。本も読み飽きて、もはや原稿でも書くしかない。

＊

日本を発つ前は、会う人会う人に「もう準備は万端ですか？」と訊かれた。なにせ今回の極夜探検は五年越しの計画なので、膨大な準備作業があると皆思っていたらしい。しかし、じつのところ今回に関しては準備することはほとんどなかった。せいぜい保険の契約やライフルの所持許可やビザの取得ぐらいで、そうした事務的手続きはずいぶん前に終えていた。それに装備や食料はほとんどシオラパルクにおきっぱなしだ。

日本でやることとは身体を作っておくことぐらい。しかも身体を作るといっても鍛えることよりも太ることのほうが重要である。基礎体力のほうは普段の山登りなどで養っているので、直前は身体に脂肪をつける時期なのである。極地では氷点下三十度、四十度の超寒冷下で何カ月も旅をするので、十分な脂肪がないと寒くて消耗してしまう。要するに脂肪は肉布団。橇《そり》に載せられる荷物の量はかぎられているので、身体にもブヨブヨとエネルギー源をぶら下げて、それを消費しながら旅をしようというわけである。

私は今回の目標体重を八十キロに設定していた。八月末に十二日間の漂泊登山を終えたときは七十キロを切っていたので、約十キロ増やさなければならない。九月に入ると普段のランニングを中止し、食べて体重を増やすことに集中した。夕食に食べるコメの量は二合である。学生のときでさえ食べられなかった量だが、しかし頑張って腹に詰めこむ。積極的に甘いものを間食し、寝る前は必ずポテトチップスかインスタントラーメンを食べた。

最初の二週間ぐらいは、登山の後で身体が痩せ気味だったので、いくらでも食べられた。しかし体重が徐々に増えて、普段の体重である七十三キロに達すると、食欲はガクッと落ちる。どうやら長年の登山や探検で、私の身体は適正体重を覚えているらしく、それを超えると、もう栄養はいりませんよ〜と警告を発してくるのだ。しかしそんなことを気にしていては身体に脂肪はつけられないので、警告を無視してさらにバカ食いをつづけた。

*

途中で思わぬ妨害にもあった。体重増加トレーニングをはじめて間もなくのころだ。夜、寝る前にスーパーで買いこんだポテチを取り出そうと押入れをあけると、おかしい、ポテチがなくなっているではないか。

「ねえ、ポテトチップスがないんだけど、どこにおいたっけ？」

と妻に訊ねると、彼女はニヤッと不敵な笑いをこぼした。

「ふふふ、そんなのもうないよ。私が全部食べちゃったから」

おいおい、お前が太ってどうするんだ。

妻の妨害にもめげずにさらに食べつづけた。七十五キロを超えると食欲はいっそう減退し、食べるのが苦しく、不快になってきた。消化不良を起こしているのか、常時、腹のなかに何かが詰まっている感じがして、何を食べても全然おいしく感じられない。七十七キロになると、もはや胃から肛門まで消化物がぎっしり詰まった状態となり、食べたらその分だけお尻から排泄物が押し出されてしまう。壮行会でいろんな人に焼肉屋に連れて行ってもらい、そのたびに美

氷がゆるんだ隙に、海象狩りに出るカナックの村人たち。

味い、美味いと連呼したが、申し訳ないがそれは全部嘘だった。日本で一番おいしいという焼肉屋にも連れて行ってくれたが、体重七十キロのときの「牛角」のほうが美味に感じる。身体は重たく、少し動くだけで息苦しく、階段を上るとゼーハーゼーハーと豚みたいにみっともない息切れがもれてくる。

出発前の最高体重は七十九・七キロ、もはや生きているだけで息苦しい。途中から運動不足解消のためランニングを再開したが、周りで走る自分より太った人が超人に見えてくる。コイツ、こんなに太っているのに、なんで走るなどという行為が可能なのだ。いったいどれだけの体力があるというのか、と。

不思議なことに、太ると体臭も普段よりきつくなるらしく、焼肉屋でたらふく肉を詰めこんだ翌朝、妻が悲鳴をあげた。

「うぎゃあ、口からウンコの臭いがする！　やめて！　近づかないで！」

いくら太ったとはいえ口からウンコの臭いはしないと思うのだが……。

とまあ、日本ではこのように太るぐらいしか準備はなかったのだが、こっちでは出発までにたくさんやらねばならないことがある。天測の訓練に氷河上への荷揚げ、装備類のチェックに、一緒に旅する犬の身体も仕上げなければならない。それなのにヘリは飛ばず手前で足止め。しょうがないのでカナックでもメシを食いまくり体重増加につとめる日々だ。

ナルホイヤの思想

　グリーンランドで地元のイヌイットと話していて、いつも気になっていたことがある。彼らが口癖のように使う「ナルホイヤ」という言葉だ。直訳すれば「わからない」という意味だが、とにかく彼らは何を聞いても「ナルホイヤ」だ。

「明日の天気はどう？」

「ナルホイヤ」

「今年の結氷状況はどう？」

「ナルホイヤ」

　天気や気象のことばかりではない。彼ら自身の予定を訊いても同じで、たとえば「いつから大鮃《オヒョウ》釣りに行くの？」「ナルホイヤ」だ。

「アンマカ」という言葉も頻繁に使う。「たぶん」という意味で、ナルホイヤほど不明ではなく、ある程度の確実性が見こまれるが、それでも断言できない場合に使われる。

「明日、カナックに行くんだって？」

「イー（肯定。Yes）、アンマカ」

「アッパリアス（彼らが夏に捕る海鳥）はいつ飛んでくるの？」

「五月だよ、アンマカ」

ちなみにちょうど今、宿のおばさんに「今日、シオラパルクに旅行者を迎えに行ったのは誰?」と訊いたら返事はやっぱり「ナルホイヤ」だった。まあ、これは本当に知らないのかもしれないが……。

それにしても、われわれの感覚なら、誰かに何かを訊かれて「いやーわかんないね」と即答するのはなんだか冷たい感じがする。それに無知だという印象を相手にあたえるのは恥ずかしいことでもあるので、自分なりの推測や解釈をまじえて答えることが多い。「明日の天気はどうですか?」と訊かれたら、「天気予報では雨だったよ」とか、「旅行者を迎えに行ったのは誰?」「スノーモービルを持っているのはAだから、彼じゃないかな」などと答えるだろう。だが、こっちの人はなんでもかんでもナルホイヤ。正直、はじめてグリーンランドに来たときは、かなり当惑した。こちらとしては旅行のために氷床や氷河のルート状況、海の結氷や雪の付着傾向などを知りたいのに、ナルホイヤの連続なので、全然参考にならなかったうえ、挙句の果てには「インターネットで確認しろ」ときた。イヌイットから自然の叡智を教えてもらって旅するのが情緒だと思っていたのに、まったく味も素っ気もない対応なのである。

しかし、最近はこのナルホイヤに対する印象がかわってきた。きっかけは沖縄の宮古島地方の漁村・佐良浜で漁師の取材をしてからである。じつは沖縄のマグロ漁師もイヌイットと同じで、何を訊ねても答えは「わからんね」、つまりナルホイヤなのである。カツオ漁師に大漁の原因を訊いても「わからんね」。大漁船と不漁船のちがいを訊いても「わからんね」。ミクロネシアで操業するマグロ船に乗船取材したとき、延縄《はえなわ》を入れるポイントについて訊いたこともあったが、そのときも「わからんね」だった。もうここまでくると取材もへったくれもあったものではないが、一方で自然に対するその率直な態度は新鮮でもあった。

われわれは自然を解釈して答えをあたえようとする。思考の方向性が正しければ正解は得られるはずだと考える習性があるので、海千山千のマグロ漁師なら、潮流や風向き、季節や水温など様々なデータを過去の経験という方程式に当てはめることで、解すなわちマグロの群れの位置を読みとるはずだと想像する。だから「潮の動きからすると、あの辺にいるんじゃないかな」という答えを期待する。

だがじつはそれは自然を〈素材〉としてしか見ていない証《あかし》でもある。自然は正しくアプローチすれば読み解けるものであり、パターンさえ理解すれば方程式のように解が導き出されるはずだという思いあがりが、じつはその質問態度の裏にはある。

しかし、イヌイットやマグロ漁師はその現代人の思いあがりを、ナルホイヤのひと言であざやかに否定する。自然は読み解けない。予測可能なパターンは存在しない。最終的に自然を素材として征服することはできない。自然は固定的でもなく均質でもないので、計算可能な単位に還元することはできない。常に生成し、変化、流動するカオス、それが自然の本質だ。だから今後の展開はそのときにその瞬間にならなければわからないので、今、予測したところでそれは無駄だ、というのが彼らの答えであり思想なのだ。つまり徹底した現場主義、その瞬間の状況に適応して生き抜いてきた歴史がナルホイヤの裏にはある。明日の予定が答えられないのも、彼ら自身が自然に組みこまれた一つの要素として生きているからであり、天気と同じく明日以降、自分が何をするかもナルホイヤなのである。

*

ナルホイヤはいい加減なのではなく、謙虚さの表われだ。最近、おぼえた言いまわしで「ヒダ・ナーラガー」というのがある。「ヒダ」とは外、天気などの意味で、「ナーラガー」とは政府や主人といった意味なので、おそらく広く「意志の決定権者」に対して用いられる言葉なのだと思う。「イッディ（あなた）・ナーラガー」と言われれば「お前が決めろ」、「ヌリアッ（妻）・ナーラガー」は「かみさんに訊かないとわからない」。したがって「ヒダ・ナーラガー」は「天気が決める」「天気次第」という意味で、まさに、自然が主人で人間は従とい

11月、すでに極夜の季節に入ったシオラパルクの村の風景。

う彼らの謙虚な姿勢を示した慣用句だといえる。

なお、現在、私がカナックの町にいるのは、週に一便しかない飛行機を待っているからだ。予約していた便は悪天候でキャンセルとなり一週間も待たされた。もしまた明日天気が悪ければ、また一週間待ち。探検が終わってせっかく自然界から人間界にもどってきたのに、いまだ「ヒダ・ナーラガー」状態がつづいている。正直、飛行機ぐらいはパターンどおり飛んでほしいのだが。

増える白熊

　今シーズンの冬は十二月六日から二月二十三日までの八十日間にわたって太陽の昇らない極夜の北極を放浪探検した。本来の計画では海峡を越えてカナダにわたり北極海をめざすつもりでいたが、途中の無人小屋に事前に配置していたデポの食料が野生動物に食い荒らされ、計画の縮小を余儀なくされた。

　それにしてもデポの状態はひどいものだった。デポは三カ所においてあり、一つは出発地点であるシオラパルクの村から氷河、氷床、ツンドラの氷原を越えて百二十キロほど先にあるアウンナットの小屋。つぎにそのアウンナットから海岸を六十キロ歩いたところにあるイヌアフィシュアクの小屋である。この二カ所のデポは二〇一五年の春から夏に橇とカヤックで自力で運んだものだが、それに加えてイヌアフィシュアクには過去に英国の遠征隊がのこしたデポもあり、私は英国隊の隊長の許可を得て、それも探検用の物資にあてようと考えていた。

　ところがそのすべてがやられていた。アウンナットの小屋は釘打ちした入り口の板が引きはがされ、イヌアフィシュアクの小屋には天井に大きな穴があけられていた。何より驚いたのは英国隊のデポだ。英国隊のデポは私のとちがって船で運んだものだったので、食料は、六十リットルもある頑丈なプラスチック樽のなかに厳重に保管されていたし、ドッグフードも臭いが漏れないようにビニールで何重にも密封されていた。さらにそのうえに岩を山のようにかぶせており処置は完璧に見えたのだが、それでもダメだった。現場に到着したときは、岩は完全に崩されて平らになっており、八つあったはずのプラスチックの樽も全部どこかに消えていた。穴のあいたガソリンのポリタンクとビニールの切れ端、ステッカーのついた樽のフタが転がっていたことで、かろうじてそこがデポ跡地だとわかったぐらいだった。

犯人は何者か。もちろん白熊だ。この地域には白熊以外の肉食獣として狼もいるが、積みあげた岩を崩したり、頑丈なプラスチック樽をぶち壊したり、古いとはいえ小屋の天井を突き破ったりするほどパワーのある動物は白熊以外にいない。

正直、私は白熊の食い物に対する執念を侮っていた。デポを運んだ二〇一五年当時は、地元の人たちも肉やバターやドッグフードなどをわりと無造作に小屋の前室などにおきっぱなしにしていたので、小屋においておきさえすれば動物に食い荒らされる心配はないと高をくくっていたのだ。ところがこの有様だ。犯人は一頭なのではないかという気がする。アウンナットの小屋には干し肉をデポしていた。たぶんその一頭は、まずその干し肉の臭いを嗅ぎつけてアウンナットの小屋を襲撃、それに味をしめて人工的な構築物を見つけるたびに近よって臭いを確かめていたのではないか。

＊

この不運な出来事の背景には、この地域の白熊をめぐる環境の変化が大きく影響している可能性がある。テレビで地球温暖化の影響で生息域がせばまり、絶滅の危機に晒された白熊の憐れな姿をよく見かける。痩せ細った白熊が海豹をもとめて、解けかかった海氷のうえをよたよたと歩くところを見たことがある人も多いだろう。だが、ことグリーンランド北西部に関しては、白熊が減ったという話は聞いたことがない。それどころか、昔にくらべて増えていると話すイヌイットがほとんどなのだ。

実際、以前は村の近くで白熊を見かけることは少なかったようだが、近年はシオラパルクでも隣のカナックという村でも目撃例は相次いでおり、村人に撃ち殺される例も珍しくなくなった。今回の旅の期間中だけでも、シオラパルクの村では一月一日に一頭、三月頭に一頭と計二頭の白熊が射殺された。足跡は何度も目撃されており、もはやライフル無しでおちおち村の外に出られない状態になっている。村の周辺でそんな状態なのだから、私がデポしたカナダとの国境付近の無人地帯ではさらに数が多くなっているはずで、自分の感覚としても年を経るたびに足跡が増えている感じがする（どういうわけか、グリーンランドではまだ姿を目撃したことはないのだが）。

村のイヌイットによると、白熊が増えているのは、狩りをする人が減ったことが大きいらしい。私がデポをおいたアウンナットやイヌアフィシュアクの小屋は、シオラパルクやカナックの村人の狩猟小屋だ。以前は、村の周辺では白熊が捕れなかったので、はるか北にあるこれらの小屋まで遠征して犬橇で狩りをしていたのだが、近年は白熊の狩猟制限が厳しくなったこと、動物愛護の精神が高まり毛皮が商品になりにくくなったこと、海の結氷が悪く、ルートに使っていた氷河まで行けなくなったこと、大鮃釣りで現金収入が得られるようになったこと……などなどの要因が重なり、アウンナット周辺に遠征する人がめっきり減った。その結果、小屋の周辺の白熊が増加し、村のまわりまでウロウロするようになった、ということらしい。

頭数が増えただけではなく、熊が人間を恐れなくなっている可能性もある。以前は白熊も人間が恐ろしいハンターであることを知っていたので、自分から小屋などの人工物に近寄ることはしなかった。ところが狩りをする人が減ったせいで、人間のことを知らない白熊が世代的に多くなり、そうしたうちの一頭が、抵抗なく小屋に近づきデポを漁った、ということなのではないかと私は考えている。

＊

環境の変化というのは、CO_2の増加など科学的な観測だけで測れるものではない。

2011年に『アグルーカの行方』の旅のときに遭遇した白熊の足跡。旅を開始して2日目の夜にテントにやって来た熊を、銃で追い払った。

狩猟生活をつづけてきたイヌイットは人口が少なく、考えようによっては北極の生態系の一翼を担ってきたプレイヤーだったとの見方も可能だ。それが環境保護や動物愛護の運動が高まり、彼らの文化に圧力がかかることで、逆に自然のバランスが崩れてしまったのかもしれない。本来、環境を理解するには複合的な視点が必要なはずで、イヌイットの伝統文化を守るという意味でも、また生態系をそのままにしておくという意味でも、彼らが捕る毛皮ぐらいは税金で購入して生活を保護するといった施策があってもよかったのではないかという気がする。

村のまわりで熊が増えれば、近所で捕れるのだから、ますます遠くに出かけてまで狩りをする人はいなくなるだろう。北極の広大な氷原を旅するには、GPSさえあればいいというわけではなく、土地や海氷の地域的な特徴など様々な経験知が必要になってくる。遠征する人が減れば、昔から蓄積されてきたそうした知恵やナビゲーションの技術も伝達されなくなり、いよいよ犬橇の旅行技術は失われていくだろう。実際、もうシオラパルクの若者のなかには犬橇でアウンナットまで行ける能力を持つ者はいない。そうするとますます白熊は増えるかもしれない。白熊の増加の裏にはこうした文化衰退の負の連鎖が透けて見えるのである。

このまま熊が増えたらどうなるのか。生態学者ではない私には確実なことは言えないが、少なくとも人と動物の関わり方はかわりつつあるわけで、その変化をまだしばらくは眺めていきたいと思っている。

オッサンの自覚

四十歳をすぎると細かいところで年齢を感じることが多くなった。体力的な衰えよりも、きてるな～と感じるのは肩や肘などの節々である。北極でも寒さのせいか、テントの設営時など微妙な動きの角度一つちがうだけで肘が痛くて、意外とそれが厄介だった。油をさしていない自転車のギアみたいなもので、数年前より関節がすこしギシギシしてきた感じがする。マカとか亜鉛よりコラーゲンやコンドロイチンを摂取したほうがいいだろうか、と悩むときもある。

去年の秋、オレってオッサンになったんだなと切実に自覚したことがあった。冬からの北極探検が長期にわたる予定だったので、その前に親知らずを抜いてもらおうと歯医者に行ったときのことだ。

親知らずを抜きに行ったのだが、歯科医からは、「奥歯の虫歯のほうが深刻なので、そっちを先に治療したほうがいい」と忠告をうけた。たしかに、その虫歯は春から炎症を起こして歯茎がブヨブヨと腫れあがっており、痛くはなく無感覚だったため面倒くさくて放置していたところだった。歯科医の診断によると虫歯は私の予想よりかなり状態が悪いようで、内部の神経が腐って膿《う》んでおり、その膿《うみ》が骨まで突き破ってそれで外側の歯茎が腫れているという。治療するには歯に穴をあけて、中の腐った神経を取り出し、なるべく頻繁に通院して中を殺菌洗浄して、きれいになったところでガッチリ蓋をするしかないらしい。しょうがないので私は北極前に毎日歯医者に通った。

オッサンだなと自覚したのは、治療中にときおり歯科衛生士さんが歯垢を除去してくれたときである。

なにしろマスクをつけた美しい肌の若い女性が、キラキラと光る尖った金属物で私の歯の表面をゴリゴリと削ってくれるのだ。時々、デンタルフロスで歯と歯の間の汚物もきれいに除去。作業の間、私は若い歯科衛生士さんの体熱をじかに感じ、ああ、あったかいなどと思う。しかもいいニオイがする。本来、歯垢がついている歯の表面は神経がかよっていないので、いくら金属物で引っ掻きまわされたところで無感覚なはずなのだが、どういうわけかその処置がとても心地よいのだ。ついついぽわーっとなり、無意識に顎をあけて、もっと歯垢をとってくださいみたいなポーズをとっている私。もう何年も普段は歯医者に通っていなかったので、さぞかし大量の歯垢がこびりついていたのだろう。きれいな女性がこのような清潔空間で、こんなにたくさんの歯垢をとりのぞいてくれている……という背徳感も私の快楽を後押しした。おかげで、しばらくは歯医者に通うのが楽しくて仕方がなかった。

考えてみると結婚してからというもの、こんな若い女性に自分の身体をいじられたことなどなかったし、これからもしばらくその予定はない。たとえそれが歯の表面という、身体のうちでもっとも無感覚な部位だとしても、四十過ぎた妻子持ちの男が正々堂々と、妻に何隠し隔てすることなく若い女性に身体をいじくってもらえる空間は歯医者以外に存在しないのだ。しかもなぜか歯科衛生士という種属は、そのへんの夜の店など太刀打ちできないほど美人ぞろいときてる。こんなきれいな女性たちにこんないい思いをさせてもらって、サービス料金は別途請求されないのだろうか、と思った時点で私は完全にオッサンだった。

＊

四十をすぎて自覚した明確な変化がもう一つある。まわりの目があまり気にならなくなってきたことだ。

私の場合は文章を書いてそれを公にするのが仕事なので、一番変化を感じるのも執筆に関しての部分だ。私は他の書き手にくらべたら他人の目を気にしないで比較的好きなことを書いているとみられがちだが、それでも今思うと、三十代のころはなんだかんだ言って周囲の反応をかなり意識していた。これを書いたら考え方や立場の違う人はどう思うだろうかとか、反発がくるのではないかとかいろいろ配慮して、読者から面白い人間だと思われようと心がけていたところがないではない。ところが、それが四十をすぎたころを境に急にどうでもよくなってきた。他人から面倒くさいヤツだと思われてもかまわないし、べつに嫌われてもいい（もちろん、ある程度は、の話。完全に嫌われたら困るし、悲しい）。それにより読者が減って本の売り上げが減少してもいい（もちろん、これもある程度は。完全に売れなくなったら妻を水商売に出すしかない）。多少大げさに書いているが、そういうことの一切合財が以前より気にならなくなってきたのはまちがいない。

たまたま先日、車でＴＢＳラジオを聞いていたらカンニング竹山さんも同じことを言っていた。四十をすぎたら他人と諍《いさか》いを起こすのが急に平気になって、居酒屋で隣のオッサンとケンカすることもあるという。リスナーも、これは女性で、中身は忘れたが、同様の感想を送ってきていた。それが〈不惑になる〉ということなのだろうか。

それがいいことなのかどうかは別にして、自分としては確実に楽にはなりつつある。自分のやりたいこと、書きたいことに専念できてきている気がするからだ。そして、この傾向で突き進んだら周囲の人間からは確実に鬱陶しがられるんだろうなというのもわかる。電車のなかのオッサンとか、会社の上司とか、ウザイオヤジは世の中にあふれており、若いころは、なぜああいうオヤジたちができあがるのか、そのメカニズムがさっぱり理解できなかった。でも今は彼らの気持ちがなんとなくわかる。ウザが

北極探検からもどって間もなく登った3月の北アルプス穂高連峰。ジャンダルム飛騨尾根から涸沢岳北壁を登り、充実した4日間となった。

られていることはわかっているが、そんなこと全然気にならないのだ。

＊

先日まで朝日新聞の文化・文芸面に掲載されていた北方謙三の人生回顧談の記事で、こんな話が紹介されていた。北方謙三は今年七十歳。少し前まで潜水で二十五メートルプールを軽々とターンできたのに、今はどう頑張っても五メートル手前で上がっちゃう。以前できたイメージが頭にのこっており、それが忘れられないらしい。そして同世代の映画監督デビッド・リンチの映画を紹介する。リンチは『ストレイト・ストーリー』という映画で、若者から質問を受けた老人に次のように答えさせる。

「年をとっていいことはあるかい」

「細かいことを気にしなくなる」

「じゃあ最悪なことは？」

「若いころのことを覚えていることだ」

四十一歳の私の胸にグッと迫ったのは前者の言葉。七十歳の北方御大の胸に迫ったのは後者の言葉。七十歳の男には、四十そこその男には想像もつかないさらなる人生の深みがあるらしい。

よかった。まだまだ私も若造だ。久しぶりに北方謙三に「いいか、若造、よく聞け」と叱咤された気分だった。

「移住せよ」との時の声

一年半ほど前から新居購入に悩んできた。きっかけは夫婦喧嘩である。

現在、わが家は某事情から都心も都心のど真ん中、東京都千代田区の「天皇の隣人です」と自己紹介してもあながち間違いではない区画に住んでいる。だがここに引っ越して以来、なぜか夫婦喧嘩が絶えなくなった。もしやこの土地は怨霊にでも地縛されているのでは、とそんな話になり再度引っ越しを検討しはじめたのだ。そのときに妻が持ち出したのが新居購入の提案で、しかも場所は鎌倉だった。他の場所はダメ。却下。とりわけ千葉育ちの妻にとって埼玉エリアは生理的に百％ダメ。要するに鎌倉縛りがかかっていた。

最初に提案されたときは、アホかと思った。たしかに引っ越しするかといい出したのは私だ。だが、私が考えていたのは都内での賃貸暮らしを継続することで、新居購入など選択肢として存在していない。しかも鎌倉……。私には鎌倉という土地に、気位だけ高い半セレブが「家は鎌倉です」と自慢気に語る文化人気取りが集まったつまらん町という偏見があり、バカバカしくて住む気などしなかった。ただ、それを言うとまた喧嘩の種になるので一応、妻の提案に従っているフリをして実地検分だけはしようと現地を訪れてみた。

ところが実際に行くと鎌倉は予想を裏切り、非常に魅力的な町だった。何が魅力的だったかは紙幅の都合で省くが、とにかく私は魅了された。人間の居住する場所としてはかなりレベルが高い。というか世界一では……とさえ思った。というのはウソで、そこまでは思わなかったが、しかし非常によい、住みたいとは思った。

結局このときの話は流れたのだが、それ以降も私たちは新居購入ぶくみで頻繁に鎌倉を訪れ、夏には海水浴を楽しむなどするようになった。

*

実際に新居購入に悩んではじめてわかったことがある。それは家を持つことは生き方を選択するのと同じ問題だということだ。

といってもこれは自分の純粋な発見ではなく、カヤックをはじめる際にお世話になった琵琶湖の大瀬志郎さんからほのめかされたことである。カヤックを開始して間もなくのころ、田舎で暮らす大瀬さんに生活の感じを訊ねたことがあった。そのときに言われたのが「田舎に暮らすと海外に探検なんか行けなくなるでぇー」という言葉だった。

どういうことかといえば、田舎に暮らしはじめると色々忙しい。川に行き投網を打って漁をしたり、裏の小川でわさびの株を上流に移したりしなければならない。鉄砲をはじめたら猟にも時間がとられるし、鶏や山羊も飼いたくなる。問題なのは、これらの活動が自然と密着していて面白いことである。

じつはこの田舎暮らしの面白さは、私が北極で行う放浪旅行の魅力とかなり共通するものがある。私が近年北極に通うのは、未知の世界への興味もあるが、北極を長期に渡り歩くこと自体が割と面白いからでもある。犬と一緒に橇を引き、カヤックを漕ぎ、時々、兎や麝香牛を捕って食料を調達して旅をつづける。それは形態としては旅だが、生活の要素がかなり濃厚な旅だ。探検や冒険の魅力の一つにこうした現地調達的行為を通じて、自然と密着できる点があるのは間違いのないところなのだが、その魅力は別に北極まで行かなくても、じつは田舎暮らしを先鋭的にしさえすれば経験できるものでもある。大瀬さんが言ったのは、田舎に暮らしたらそれはそれで面白くて探検に行く必要性が薄れるので、これからも探検して本書きたいんなら、あえて都会に暮らして、自然を感じられないことからくる鬱屈したストレスを日々の生活のなかで溜めこんで年に一回北極で炸裂させたほうがいいでぇ～ということだったわけである。

この大瀬さんの指摘は昨年来、家を買うかどうか悩みはじめてから急にリアルな課題として浮上した。もし本当に家を持つなら、どこに買うかで今後の人生がかわる。実際、今年四月に大瀬さんの家を訪ねる機会があり、家や庭の様子を見せてもらったが、正直、彼みたいに築何百年か不明なほど古い古民家を買いとり、それを補修しつつ、畑を耕して家畜を買い、冬になったら鉄砲を持って猟をして、ビーパルに「探検家カクハタの探検家廃業宣言」みたいな連載をさせてもらうのも悪くないのでは、と思った。

だが、それでいいのかとも思う。私には北極で実践したい旅の計画がまだあるし、地球の別のエリアを探検したい願望もある。日本では考えられない広大かつ深遠な荒野でおこなう移動行為には、カントリーライフをどんなに先鋭化させても届かないぎりぎりの領域があるはずだ。

やはり自分はまだ海外で探検をつづけたい。とすると都内に家を買うか？　しかし、私の収入では妻が望む新宿近辺という希望を実現するのは不可能。買えるとしたら何の値打ちもないボロ住宅が狭い土地にくっついたウンコみたいな物件しかないわけだが、さすがにそんなものに何千万も出したくない。だとしたら、やはり鎌倉か……？

＊

地縛霊もいなくなったのか、私たち夫婦の間では喧嘩もすっかりおさまったが、今年春に、また別の理由で引っ越さなければならない事情が発生した。そこで再び鎌倉で物件を物色しはじめると、場所、価格、作りなどから候補になりそうな物件が二つ見つかった。現地の不動産屋に案内してもらったところ、一軒はボツだったが一軒は悪くなかった。というかよかった。相当よい。去年候補にあがった物件よりはるかによい。特に山間の土地の雰囲気が抜群によ

4月に琵琶湖の大瀬さんのところを訪れ、セーリングカヤックの練習をした。が、風がなくてあまり動かず……。

かった。

ただ、なかなか決断はできなかった。ライフスタイルの選択問題もあったが、やはり最終的にネックとなったのは価格だ。正直、ちょっと高い。そこで売主に公表価格より約四百万円低い価格で交渉することにしたが、たまたま少し遅れて満額で提案した人がいたらしく、もし角幡さんが買いたいなら同様に満額で申しいれしないと無理ですと不動産屋から宣告された。

数日の猶予をあたえられ非常に悩んだ。胃に穴があきそうなぐらい悩んだ。とこれもウソだが、かなり悩んだのは事実だ。妻とも相当話しあった。満額で提案した人への恨みつらみも述べあった。しかしやはり高い。たまたまネットで検索すると、新宿区西落合に家賃十万円で、広くて魅力的な賃貸が見つかった。これは安い。ということになり、一気に話が西落合に落ち着きかけた。

だがそのとき、西落合での生活を想像した私は急にゾッとして、それは無理だと思い直した。学生時代から新宿、池袋近辺に二十年近く住んできた私にとって西落合は馴染みのエリア、環境的な心配は皆無なのだが、逆にいえば新味の全然ない場所でもある。その生活は容易に想像できる。というかこれまでとまったく同じだ。この一年間、散々、鎌倉だ、カントリーライフだと悩んできたのに、結局新しい環境ではなく、従来どおりの生活を選択するのか、オレは？　そう思ったときに、自分が東京の生活に心底飽き飽きしていることに気がついたのである。

最終的に物件購入の決断を後押ししたのは、鎌倉の土地の魅力より、これまでの生活への倦怠だった。長い人生には環境に変化をつけないといけないタイミングがあり、今がそのときなのだろう。私はその時の声にしたがうことにした。
引っ越しは九月の予定である。でもまだ正式なローン審査は通過していない。

外国人の血

学生時代に探検部の友人と二人でブラジルを旅行した。目的は探検のネタを探すこと。ブラジルで探検といえば誰でもアマゾンが思い浮かぶが、当時からひねくれ者だった私は、アマゾンなどという探検的にメジャーな地など眼中になく、パンタナールというボリビアとの国境地域にある世界最大の湿原地帯に興味があった。しかし、パンタナールで探検だと意気ごんではいたものの、特に確たるビジョンもなく直感で行っただけなので、結果的には観光地化が進み一般旅行者がジャングルトレッキングなどを楽しむ同地の現状を目の当たりにして、こんなところに探検は存在しないと肩を落として帰国した。

パンタナール近辺の草原を自転車で旅行していたときに、ある牧場主のような男からこんなことを言われたことがある。

「お前、外国人だろ」

「ええ」

「どこだ？　ボリビアだな」

男の自信満々な口ぶりに私は唖然とした。俺はボリビアンなのか？　たしかにボリビア人は純粋インディオの血が濃いのか、モンゴロイド系統の顔立ちの人が多い気がするが、それでも私とて一応、日本人。せめて中国人か韓国人にしてもらいたかった。

色黒で目がぐりぐりとしていて唇が厚ぼったく、鼻がぼてっとしている私は、このように昔から外国人に間違われることが多い。学生時代は当時のタイ人ボクシング王者の名からナパ・キャットワンチャイとからかわれ、旅先では日焼けして貧相な服装をしているため、いつも現地語で話しかけられた。チベットに行けばチベット人にしか見えないと言われるし、ミャンマーに行けば、俺たちビルマ族よりも黒いと言われた。二年前、グリーンランドのシオラパルクで櫓《やぐら》に登って干し肉を作っていたときなど、日本から取材に来た新聞記者が村人と間違えて写真をパシャパシャ撮っており、「こんにちは」と声をかけると、うわああっ！　と腰を抜かしそうになっていた。

＊

そんな外国人風の容貌の持ち主である私であるが、つい先日、驚くべき事実を知ることとなった。なんと本当に外国人の血が混じっているかもしれないというのである。

北海道で講演の依頼があり、そのついでに実家に立ちよったときのことだ。夕食時に母方の実家筋の話になり、すっかり酔った父がこんな話を披露した。

「お母さんの親戚のなんとかチャンっていたろ。若いころにそのなんとかチャンからお母さんのおじいさんの写真を見せてもらったことがあるけど、もう外国人にしか見えなかった」

単に見た目の話かと問うと、父は確信をもってこう断言した。

「いや、もう間違いない。どう考えても外国人。そうとしか思えない」

父がいう「お母さん」というのは、私の母のことである。そもそも私の母はかなり外国人風の顔立ちをしている。そしてその兄、つまり私の伯父はさらに外国人風の顔立ちをしており、若いころの写真を見ると、あの浦賀に来航したペルリ提督そっくりだ。そしてその母、すなわち私の祖母となると、これはもう相当外国人風の顔立ちというか、ほぼ外国人で、顔立ちだけではなく背丈も高く大柄だった。祖母は数年前に亡くなったが、亡くなる直前に小さいころの記憶がよみがえったのか、「ガイジンって言わないで。日本人なんだよ」などと入院中のベッドでうなされていたという。

そして父が「外国人にしか見えない」と断言したのが、その私の祖母の父、すなわち私の母の祖父にあたる人物だ。母によると、その〈外国人にしか見えないおじいちゃん〉は、自分が生まれる前に亡くなったため記憶にはまったく残っていないというのだが、じつはこの人は九州の炭鉱経営者で、往時はあの麻生財閥に匹敵するほど大規模なヤマを所有していたという。

残念ながら、この〈外国人にしか見えないおじいちゃん〉の死後に後を継いだ彼の息子（要するに私の母の叔父）は、人がいいだけの凡庸な人物で、炭鉱経営のような修羅場をくぐり抜けるだけの胆力に欠けており、結果、会社は倒産、一族は没落の憂き目をみたとのことだが、まかり間違えば没落していたのは麻生財閥のほうで、もしかしたら私の親父は今ごろ、副総裁兼財務相みたいな立場で自民党の幹部におさまっていた可能性さえあったわけである。

と、このように、この〈外国人にしか見えないおじいちゃん〉は炭鉱経営者として波乱万丈な人生を送ったと思われるため、見た目だけではなく、実際に外国人だったんじゃないかとどうしても思いたくなる。

　父の推測をもとにした私の推測によると、九州で外国人といえば、思いつくのは長崎・出島だ。江戸時代に幕府と交易を許されていたオランダの貿易商が出島に住みつき、そこに食いこもうとした芸者か遊女あたりがその貿易商との間の子供をもうけた。それがこの〈外国人にしか見えないおじいちゃん〉で、要するに彼は混血。そして彼は、いろいろと切った張ったの世界をくぐり抜け、ついには麻生財閥に匹敵する九州の炭鉱王と呼ばれるまでの地位を築いたのだ……と推察されるわけだ。

＊

　かなり憶測が混じった、というかほぼ憶測百パーセントみたいな話になってしまったが、とにかくこの話を聞いたとき、私は静かな感動をおぼえた。

6月に釜石から宮古まで三陸の海岸をカヤックで北上した。ところどころで見つかる美しい砂浜で快適なキャンプを楽しめた。

かっこいいじゃないか……。

自分の身体には外国人の血が混じっている。しかも単なる外国人ではなくオランダの貿易商とそれに群がる遊女たち、その息子たる炭鉱経営者なのだ。無茶苦茶かっこいいじゃないか。まるで出島から外国へとつづく茫洋として海の広がりが見えたようだった。生まれながらにして私の身体にはロマンを求めるＤＮＡが埋めこまれている。探検家などという生き方を選んだのも南蛮渡来のものなのだ、きっと……。

ただ、一つだけ謎がのこっている。もし私が本当に外国人の血をひいているなら、それはオランダ人である。そして実際、私の祖母は完全に白人系の顔立ちをしており、私の母や伯父も同様、目鼻立ちのくっきりした西洋風の容貌の持ち主だ。それなのに、なぜ私だけがボリビア人なのだろうか。あるいはタイ人やチベット人なのだろうか。おかしいではないか。

まったく矛盾している。人生は謎だらけだ。

保安検査場の不快

先日、北海道で山登りをするため、羽田空港から全日空機に乗った。今年の夏の最大の山行計画である日高山脈地図無し登山をおこなうためだ。入山日数は二週間ほどだが、その前後に北海道の実家に立ち寄るため、二十日間以上、家をあけることになる。私が長期間不在にするため、妻も大分の実家へ帰省することに決定。ちょうど同じぐらいの時刻の飛行機を予約し、私は妻子と一緒に空港の保安検査場を通過した。

保安検査場を通過するたびに、何か嫌な気持ちがする。

私はこの保安検査場が大嫌いである。例の9・11の米同時多発テロが発生して空港のセキュリティチェックが厳しくなって以降、保安検査場を通過するたびにペットボトルだのカッターだの、何やかんやと色々なものを没収された記憶があるからである。特に今回のように登山道具を運ぶときは航空法的な危険物が満載で、格好のターゲットとなりやすく心配だ。

9・11直後でよくやられたのがガスボンベである。ザックのなかにしのばせているのを見つかっては摘出され、没収。当時、ガスボンベは辺境で手に入らない場合も多く、それが没収されると計画を実行できなくなる可能性があるため、保安検査場でよくもめた。またアウトドア関係者なら誰もが知っていることだが、燃料関係についてはとにかくうるさくて、一度でも使用実績のあるコンロはアウト、ガソリンや灯油の臭いがした時点で没収の対象となる。どこに行ったときかは忘れたが、使用済みのＭＳＲが見つかり、「ガソリンの臭いがする？　ふざけんな。じゃあこのコンロにライターの火を近づけて燃やしてみろ」とブチ切れたことがある。とにかくお役所仕事で融通がきかず話にならないのだ。

だが、なんといっても一番頭にきたのはスコップ事件であろう。あれは、そう、今回と同じ北海道に、雑誌の取材で向かうときだった。大きなザックのほうは当然、機内預けにして、私は小さなザックを肩に下げて同行のカメラマンと一緒に保安検査場に向かった。失敗だったのは雪山用のスコップを、その小型ザックのほうに入れていたことである。大きなザックは荷物が満載で入らなかったからだが、そのスコップが保安職員のターゲットとなった。

「お客様、このスコップは機内に持ちこむことはできません」

「え、なんでですか？」

「規則で定められているからです」

もめているうちに、搭乗時刻ぎりぎりだったため航空会社の若い女性職員がやってきて、持ち込み禁止物のチラシを示してスコップはダメだと同じ説明をはじめた。だが、ペットボトルやナイフはダメとは書いてあるが、スコップはダメとは書いてない。その旨を指摘すると、ここには書いてないけど、もっと詳しい施行細則みたいなほうの文書にはスコップはダメという趣旨のことが書いてある。よしんばスコップという文言が直接書いてなくても、スコップはダメと読める趣旨の文章が刻まれている、みたいな趣旨のことを言って、この航空会社職員は全然引こうとしない。

じゃあこのスコップはどうなるのかと訊ねると、こちらで廃棄しますと言われた。

この廃棄という言葉が私をブチ切れさせた。いったい彼女はこのスコップがいくらしたのか知っているのだろうか。正確にいえば、たしかにこのスコップは自分で買ったものではない。最初は学生時代に自分で買ったものだが、どこかで失くしてしまい、探検部の先輩から同じスコップを借りて、その先輩がもうあまり雪山に登らなくなったのをこれ幸いに借りパクしたものである。でも最初は自分で買った。たしか一万二千円ぐらいの、学生には非常に高価なものだった。そしてこのスコップは高いだけあって、軽量で、非常に使い勝手がよく、探検部一年目の雪山をはじめた最初の年からずっと愛用してきたものだった。途中で借りパク品にかわったとはいえ、同じモデルのスコップだったのでそこにはモノとして継続性があると私はみなしていた。要するにそのスコップは高いだけでなく、私の雪山の全思い出が乗りうつった、大変に愛着のある、私の身体の一部とも言うべき存在だったのだ。それをこともあろうに、この女職員は、その辺のカッターとか飲料が半分入ったペットボトルと同じ扱いで「廃棄します」とヒラメみたいな無表情な顔で言うのである。

空港の保安検査で頭にくるのは、職員が己の権力性に無自覚なところだ。たとえテロ対策という大義名分があったとしても、彼らは人様のものを廃棄したり、料金徴収のうえで配送、という強制的な力を執行している。それなのに、なぜそんなことをするのか、なぜスコップはダメなのかとこちらが異議を差しはさんでも、彼らはその説明責任を果たそうとしない。少なくとも人様のものを召し上げるのだから、そこには空港として、あるいは航空会社としての説明が欲しい。たとえば「スコップのような先のとがった形状の金属物の場合、悪意ある人物に使用されると他人の顔面をぶったたく、骨折させる、目玉を破裂させる等の危険行為に発展する恐れがあり、空港側としては、そのようなものを機内に持ちはこばせることは昨今の趨勢《すうせい》から無理なのです」という彼ら側の理由を私は聞きたい。聞かせてくれよ、お前の歌を、と思う。私のスコップにはそれだけの値打ちがあると思うからだ。

ところが彼らはそうしない。自分たちの考えを述べるかわりに、航空法に定められたところによりとか、国土交通省の通達によりなどといった、より上位の法とか国家権力を持ち出すばかりだ。つまり、人様の

羽田空港の保安検査場。最近は私も学習したせいか、保安検査場でもめることはすっかりなくなった。大人になって権力に順応してしまったようで悲しい。

ものを召し上げるという権力を執行している張本人のくせに、私たちは別に没収したくないんですけど国が言うから執行しているだけです、と責任を上位の権力になすりつけることで自分だけはきれいな身でいようとしている。自分の意思ではないと、そもそもおのれを免罪しているので、スコップを廃棄するなどという人の神経を逆撫でするようなことを平気で言えるわけで、その卑しい心性が私は腹立たしいのである。

このときは結局、「廃棄します」とあえて権力性をおびさせた冷徹な口調のまま女職員が譲らないものだから（向こうは向こうで私のことが相当ムカついていたらしい）、私は完全に逆上した。「逮捕でも何でもしろ。こっちは絶対にこのスコップを持って飛行機に乗るからな」そう啖呵を切って私は保安検査場を突っ切った。たまたま搭乗時間ぎりぎりだったことから、女職員は折れて例外的にスコップ持ちこみが認められたが、今思い出しても腹が立つ。

ちなみにそのスコップは一昨年、グリーンランドで犬と一緒に氷床上を移動中、地吹雪に見舞われ、慌ただしくテン場を撤収していた際に忘れてしまった。いずれにしてもなくなる運命にあったようであるが、保安検査場で没収・廃棄されるよりはマシな最期ではあった。

おクジラさまを考える

極夜探検のためにグリーンランドのシオラパルクに滞在中、あるドキュメンタリー映画を見る機会があった。

シオラパルクには探検までの出発の模様を撮影するためディレクターとカメラマンの二人が同行していた。カメラマンは折笠貴《おりかさたかし》さんといって、二〇〇八年にヒマラヤの雪男捜索隊に参加したときのメンバーでもあり旧知の間柄だ。その折笠さんが帰国する前に、村で時間があるときに見てほしいと、その映画の入ったスマートメディアを貸してくれた。

映画は和歌山県太地町の鯨漁をテーマにしたもので、折笠さんがカメラマンとして度々太地に取材に入っているのは以前から聞いていた。太地の映画といえばアカデミー賞を受賞した『ザ・コーヴ』が有名だが、監督の佐々木芽生《めぐみ》さんがこの映画の強引な撮影手法等に疑問を感じ、改めてもう少し公平な視点から作品を作りたいと考えて取材を開始した、ということも聞いていた。

折笠さんらの撮影班が帰国してしばらくたってから、シオラパルクの薄暗い借家でこの映画を見たが、いろいろ考えさせられて、その日は眠ることができなかった。

＊

このシオラパルクで見た映画が九月九日から『おクジラさま』というタイトルで公開が始まり、監督の佐々木さんの著書も刊行された。捕鯨問題は非常にセンシティブだし、歴史や文化もからんで感情的になりがちなので、素人が論じるにはなかなか難しいテーマだが、いい機会なのでこの映画を見たときに感じた疑問を率直に書いてみたいと思う。

この映画の一番のテーマは、ある一つの思想や価値観が正義になって絶対性をおびたとき、それは容易に暴力に転化する、ということだと思う。たぶん映画を見て誰しもが感じるのは、欧米からやってきた活動家たちの横柄なふるまいに対しての憤りだろう。太地町という日本の小さな漁村に、シーシェパードをはじめとした反捕鯨の人たちが大挙して押し寄せ、漁師たちの漁の模様や屠畜の現場を映像に収めて、あたかも殺人の現場を中継するように、極めて残虐な行為としてSNSなどでリアルタイムで配信する。活動家たちは、それこそ活動のプロなのでやり方は徹底しているし、メディアやネットをつうじての自己アピールも洗練されている。漁師たちにも言い分はあるが、それは考慮されない。妥協せず、歴史や文化などにいたっては一顧だにせず、ひたすら彼らの営為を悪として断罪し、持ち前の情報発信力を駆使してこの世からの抹消をはかる。

それに対して太地町の漁師の側には対抗するすべはない。彼らは所詮、小さな田舎町で海豚《イルカ》や鯨を捕り日々をつむいできた片田舎の生活者にすぎない。情報発信に長けているわけでもなく、政治力があるわけでもない。それがいきなり国際舞台に引っ張り出されて、悪の存在としてやり玉にあげられる。このやり方のどこに正義があるのだろう。両者の関係は完全にパワーバランスに欠けており、そこには途轍もない不条理さが存在している。つまりこの映画は、捕鯨の是非以前の問題として、仮に自然保護や動物愛護の精神がどれだけ正しくて崇高だとしても、一方が一方を断罪する構図になってしまえば、そこには暴力しか存在しないことを問題視しているわけだ。

実際、日本人が抱く反捕鯨の圧力に対する反発は、ここに起因していると思う。はっきり言って今の世の中、鯨類を日常的に食べる日本人はほとんどいないし、主観的な話にはなるが、鯨の肉などそんなに旨いとも思えない。味だけなら、豚や牛のほう旨いと感じる人が多数派であろう。捕鯨が日本の文化だといっても、そこに民族的アイデンティティーを持つ人なんて、少なくとも私は聞いたことがないし、好物は鯨ですと話す人と会ったこともない。でも私たちは捕鯨をやめろと頭ごなしに言われると、無性に腹が立つ。それは単に他の文化が正義だと信じていることを一方的に押しつけられる不条理さに対しての反発だ。この映画はそこをうまく表現して、もう少し冷静に議論しようと訴えている。

＊

だが、私がこの映画を見て一番考えたのはそのことではなかった。シオラパルクという犬橇ばりばり、捕鯨ばりばり、海豹・海象猟ばりばりの狩猟文化コミュニティーで生活していたせいか、動物の命を差別化することへの疑問が頭から離れなかったのである。

この問題を深く考えるには、殺される側の動物の視点を導入して考える必要があると思う。たとえば映画のなかでは漁師側と反捕鯨側の公開討論会の場で、反捕鯨関係者の一人が、牛や豚の家畜は人道的に処理されていると発言する場面がある。しかし人道的に処理されるというのは一体どういう意味なのだろうか。それは単に人間や近代文明の欺瞞を言いあらわしているだけなのではないか？

殺される動物の側から見たら、牛や豚が人道的に処理されているとは到底言い難い。野生の牛は本来、二十年以上生きるのに、食肉農場の子牛は生後すぐに母牛から引き離され、小さな檻に閉じこめられ、そこから一歩も出ることなく四カ月ほどで殺される。屠畜時は痛みの感じない方法で苦しまずに処理されるのかもしれないが、しかしその一生をトータルで見た場合、動物としての本来の生活が許されないこの惨めな生き方が、はたして人道的という言葉に値するのだろうか。それなら最後は漁師に殺されたとしても、それまでは海で自由に泳ぎ

シオラパルクでの鯨（一角）解体の現場。湾のなかに入ってきたのを男たちが船で追いかけ、女子供はライフルの弾が当たらないように村の高いところに避難して応援する。

まわれた海豚の一生のほうが幸せだったという考えも十分成り立つはずだ。人道的に殺すという発想自体が、人間の側の一方的な基準の押しつけ、恣意的な産物にすぎないといえるのである。

それに海豚は自己認識能力があり、そういう認知能力の高い動物を殺すのは残酷だという意見もあるが、では他の家畜にまったく自己認識能力がないかといえば、そんなこともないだろう。最近フランス・ドゥ・ヴァールの『動物の賢さがわかるほど人間は賢いのか』という本を読んだが、近年動物の認知能力に関する研究は目覚ましく進んでおり、動物は外からの刺激に機械的に反応しているだけで意識はないという従来の考え方は通用しなくなりつつあるらしい。たとえばタコは人間の顔を見分けるほど高い知性を有していることがわかってきたが、じゃあこれからタコを食べるのはやめようという話になるだろうか?

結局、殺される動物からすれば、殺されるという時点で同じ。どういう殺され方が人道的かとか残酷じゃないかといった話は究極的には無意味であり、人間の側の都合で決めているにすぎない。同様に、殺していい動物、ダメな動物と線引きするのも、どこまでいっても人間の恣意的な判断で、殺される動物からみると笑っちゃうような話なのではないか。つまり動物の間に線引きすることの根底には人間の欺瞞があるのではないか。そういう疑問が映画を見てからぐるぐる頭をまわったのだった。

所詮、人間は他の生命体の命を奪って生きている獣にすぎない。それは海豚も鯨も同じである。だとすれば人間とは汚れた存在であることを人類全体のコンセンサスとして認め、対象種が絶滅危惧種であるといった特別な事情がないかぎりは、それぞれの地域の事情にあったやり方の漁（猟）を認めるべきだろう。少なくともそれを生業にして暮らしている人がいるかぎりは。

今のところ捕鯨問題についての私の考えはこんな感じだ。でなければ、理屈のうえでは、人間はすべての動物肉を食べることが許されなくなると思うのだが。

偶然を引き受ける

前に、時の声にしたがって鎌倉への移住を決断したという話を書いた。そのときはまだ決断しただけで実際に移住していなかったが、その後のローン審査も無事とおり、もろもろの事務処理も終わり、引っ越しもすんで、無事、新天地での生活がスタートした。

九月下旬から十月初旬は季節柄、いろいろイベントが重なるらしい。もともと来年一月と二月に刊行予定の本の執筆で忙しかったところに、娘の幼稚園の運動会、妹の結婚絡みの家族旅行、長崎・五島列島でのカヤック旅の予定が次々入りこみ、引っ越し前後は多忙を極めた。しかも少しでもカネをケチるため、運送の経験豊富な知人に手伝ってもらい引っ越し作業を全部自分たちでこなしたので、荷物の詰めこみや片付けも含めて一週間ほど要した。多忙による疲労や環境の変化が重なったためか、引っ越し終了後に体調を崩して発熱、楽しみにしていた五島列島のカヤック旅の期間を大幅に縮小することになってしまった。飛行機のキャンセル代金や新たに航空券を買い直したことを考えると、ケチった引っ越し代金の四分の一は吹き飛んでしまった。慣れないことはするものではない。

この原稿を書いているのは新居に腰を落ち着けて四日目だが、そんな事情からまだ全然鎌倉散策はしていないし、それどころか家の外にもほとんど出ていない。明日から五島カヤック旅だし、それが終わると本の執筆で一カ月以上缶詰になるのは確実なので、新天地での生活を満喫するのは当分先になりそうだ。

＊

新居購入を迷っているときに、とある編集者から言われた言葉を何度か思い出した。それは、結婚と家を買うのはその場の勢いがないと決められないという言葉である。実際に家を買い、引っ越しも終わって腰を落ち着けると、その言葉がつくづく身に染みて実感される。なるほど、たしかに結婚も住居の購入も勢いがないと決められない。

年に何カ月も日本を留守にするという生活をつづけているせいか、よく人からは「なんで結婚なんかしたんですか？」「奥さんはよく角幡さんと結婚しましたね」などと言われることが多い。私が結婚したときに何が勢いを生み出したのか、どのような神風が私の背中を押したのか、それについてここで語るほどの紙幅はないが、とにかく勢いは生じていた。その勢いたるや、結婚すると妻に宣言した瞬間、「俺は本当にそんなことを言っていいのか？」と自分でも混乱するほどであり、そのつむじ風のような勢いに吹き飛ばされたせいで決断できたというか決断してしまったというか、そんな感じだった。とにかくあの勢いがなければ私は結婚できなかった。

住宅購入を決めたときも似たような状況だった。詳細はすでに以前の原稿に書いたが、簡単にいえば東京での生活への倦怠が移住を決断させたわけで、最終的には理性ではなく瞬間的な感情が決断を後押しする勢いを生み出した。

それにしても結婚と住宅購入、両方とも勢いが必要なのはなぜなのか。共通するのは双方とも未知のリスクの塊だということだ。

結婚なんてものは、どんな人間かよくわからない赤の他人と一生共同生活することが前提なわけだから、よく考えたら恐ろしいシステムである。どんなに交際期間が長くても、結婚して時間と空間を共有したら、それまで気づかなかった相手の一面が見えてくるものである（ちなみにこれはあくまで一般論で、わが家とは関係ありません）。結婚だけならすぐに別れればいいと思うかもしれないが、子供ができたらそうはいかない。時間がたてばたつほどシンプルだった二人の関係は次第に複雑に絡みあい、いろいろな事情でがんじがらめになっていく。その後に相手の本性の嫌な一面に気づいても、もう手遅れ。少なくとも失われた時間は取りもどせない。結婚によって人生は台無しになる可能性もあるわけで、冷静に考えたら結婚など狂気の沙汰とさえいえる。

住宅購入にも似たような狂気性がある。新たな物件探しや引っ越し、転売にともなう労力を考えると、住宅は一度購入するとおいそれと次の家というわけにはいかない。基本的には一生住む覚悟で購入するものであり、戸建てならひときわそうだ。中古物件なら住んではじめてわかる欠陥もあるだろうし、近隣とのトラブルも心配だ。その土地との相性の問題もある。住んでみたら途轍もなく不便だったとか全然面白い場所じゃなかったというのは、十分にありうる話だ。しかし何千万も払った以上、基本的にそこに住みつづけなければならないわけで、二の足を踏むのは当然。結婚も住宅購入も、少々狂ってないとできるものではない。

＊

では、そんなにリスキーなら結婚もしなければいいし、家も買わなければいいじゃないかと、未婚・住宅未購入者は思うことだろう。実際に、先日、他誌の相談コーナーで、角幡さんが結婚した意味がわからない、なぜ結婚などしたのか、という趣旨の質問を若い読者から受けたことがあった。でも、私は、自分がそうだったからというわけではないが、基本的にはそうした考えには賛同できない。というのも、私たちは自分の人生で起きた〈偶然〉を引き受ける責任があると思うからだ。

私たちの人生は九割以上、偶然の産物だ。父と母を選べないし、その父と母が出会ったのもきっかけは偶然だろう。生まれた土地も偶然だし、育った環境も偶然、知人、友人も偶然出会った人ばかりである。私た

鎌倉の新居の裏山を娘と歩いた。竹林が広がり、尾根沿いに小径がつづいており、ほとんど誰も歩いていないせいか薮が覆いかぶさり、鉈《なた》で道を切り拓いた。

ちは、こうした偶然性を拒否して生きていくことはできない。人生の出来事のほとんどすべては、自分から選んだものではなく、むこうから飛びこんできて起きたことばかりである。

結婚や新居購入もその一つだ。ある女と出会ったことが契機で結婚しようか、家を買おうかという話になる。いろんな偶然が集積した結果、そのような状況に直面する。自分の意思とは無関係にそうした状況に組みこまれているときがあり、長い人生のなかではその現状況から逃げてはならないときがある。偶然に起きた状況を一つ一つ引き受けていくのが人生であり、たとえ偶然にせよその偶然に巻きこまれた時点で否応なく当事者になってしまっている。その当事者性から逃げることはできないのである。

もちろん飛んできた火の粉を振り払うこともできるだろう。可能なかぎり偶然を避けて、人生で起きるあらゆる状況を自らの管理下におくために、結婚しない、家を買わないという選択をすることも可能だ。でも、それでは人生は自分の予期した通りに、予定調和に終わってしまい、何かがかわるきっかけはつかめない。人生における新しい局面は、向こうからやって来た偶然とリスクを受けいれたときにはじめて開けるわけで、さらにいえば偶然を受けいれないかぎり、それまでと変わり映えしない日々しかつづかない。

偶然を拒否する人生は、結果的にはつまらないものになるだろう。十年前に思い描いていたとおりの人生をもし歩んでいるのなら、その人生はその程度のものでしかないということもいえる。

つまり何が言いたいかというと、今、私は新しい土地に引っ越して、未知なる新しい局面が展開することにかなり胸を高鳴らせているのだ。鎌倉移住ぐらいでは大きな新展開とはいえないが、それでも新展開は新展開である。こういう新しい局面が五年に一回ぐらい開けていかないと、どうしてもいろいろ飽きてくる。

衛星電話のジレンマ

この半年ほど断続的に昨冬におこなった極夜の探検の単行本の原稿を書いている。太陽の昇らない厳冬期の極夜のグリーンランドを、八十日間にわたって一頭の犬と一緒に彷徨した旅の記録である。

ひたすら雪と氷の未開地を行く極地の旅は単調な日々になりがちだが、この旅では想定外の出来事やハプニングが目まぐるしく発生し、波乱万丈を地で行くような展開となった。そのため、たった一回の旅の原稿なのに全然書き終わらない。単独行なので会話はほとんどなし。ほぼすべて地の文。それなのに原稿用紙三百枚書いても、四百枚書いても書き終わらない。あまりにも起きたこと、考えたこと、発見したことが多すぎて書きたいことが次から次へと湧き出てくる。最終的には六百枚近いボリュームになりそうな勢いだ。

書くことには単に記録することに留まらない、もっと積極的な作用がある。それは書くことによって脳内に薄ぼんやりとしか存在していなかった思考の断片に言葉をあたえられ、体系的に捉えることができるようになるという作用だが、今回の極夜の探検の原稿ほどそれを強く実感したことはなかった。

たとえば極夜のような極限的な暗黒空間では、星や月の光にすがり、それをあてにして行動することになるのだが、その現場における天体に対して取っていた自分の態度が、原稿を書くことによってはじめてどのような意味があったのかに気づき、言葉におきかえられる。闇がなぜあれほど自分を不安にさせたのか、極夜が終わりはじめて昇った太陽が何故あまで強烈だったのか、冷静にそのときの感覚を振りかえることで、現場で感じたこと以上の意味を発掘できるのである。その結果、旅の途上は不安と孤独と恐怖で発狂しそうなほどだったのに、原稿を書きはじめると面白い発見の連続だったことに改めて気づくので、なんだかじつに愉快な旅だったような気さえしてくる。

とにかく今になって思えば、あの極夜の旅は大きな意味では面白かった。あれほど深い発見と予期せぬ事態が連続する起伏にとんだ旅はもうできないだろう。それぐらい満足度の高い経験だった。

とはいえ百パーセント満足ではなかったことも事実だ。たった一つだけ私にはあの旅で悔やんでいるところがある。それは何かというと衛星電話を使用していたことである。

衛星電話の使用は私にとっては本当にジレンマだ。

現代の先端技術が作り出す数ある道具のなかでも、ＧＰＳと衛星電話は安全と利便性の二つの観点で存在物としての力が突出している。これらの機器を使えば冒険旅行は確実に安全かつ容易になる。北極のような真っ平らな氷原でＧＰＳを使わないとナビゲーションが極端に難しくなるし、衛星電話がなければ万が一の救助を要請することができず、怪我や装備の破損などのトラブルが発生したときに何がなんでも自力で生還しなければならなくなるわけだから、ストレートに命にかかわる装備である。

ただ一方で、これらの機器を使うとテクノロジーに守られていることになるので、行為の自力性が乏しくなり、意義や面白味が損なわれることにもなる。冒険は最終的に自己満足の世界なので、その行為に自分がどれだけ主体的に関われたかで手応えがかわる。それに自力性だけではなく、自然への没入感も乏しくなる。未開の荒野の中を旅する面白味は、なんといっても荒ぶる自然を生のままで経験し、等身大の自然と一体化することにある。しかしGPSや衛星電話を使うと、いざというときに正確な位置を知らせて救助を呼べるので、極端なことを言えば「どこでもドア」を持ち歩いているのと同じで、どうしても自然のなかに入りこんでいる感覚が薄くなるのだ。

という理由で、私は基本的にこの二つのテクノロジーを使わず旅することが多かったのだが、それが娘ができた二〇一五年以降は崩れてしまい、GPSは持って行かないが、衛星電話は持ち歩くようになった。理由は単純で、さすがに何カ月も家族と連絡をとらずに旅をすることに引け目を感じるからだ。数週間とか一カ月程度ならまだしも、極夜の探検は、結果的には八十日で終わったものの、出発段階では四カ月ほどの行動日数を見こんでいた。四カ月間連絡をとらないということは、妻と娘はその間、ずっと私が生きているのか死んでいるのかわからないまま過ごすということだ。さすがにそんな状況は耐えきれないにちがいないし、私自身、家族が平安に過ごしていることがわかれば安心できる。そう思い、必要悪と割りきって持って行くことにした。

しかし実際に衛星電話を持ち歩いてみると、やはり後悔のほうが大きかった。本来は最低限、無事であることを知らせるために持ち歩いていたはずなのに、旅が終盤になってバッテリー残量に余裕が出てくると、つい寂しさを紛らわすため用もないのに電話してしまう。そうすると、家族の声を聞き孤独を癒すことができるのだが、冒険の本来の目的からすると自然の中で孤独とむきあうことにも大事な意味があるはずだ。それに旅の最終盤では凄まじいブリザードが吹き荒れ、恐ろしさのあまり電話で天気予報を聞くという、ある種の禁じ手まで使ってしまった。極夜の探検は全体的に未知の世界を経験できたという満足感が非常に高かった分、衛星電話がなければさらに作品としての旅の完成度は高かったのに……

80日間におよぶ極夜の旅の果てに昇った最初の太陽。
激しいブリザードがわずかにやんだ隙に光がさしこんだ。

という思いも強く、その点だけがどうしても悔やまれてならなかったのである。

次の旅ではそこを何とか改善したい。来年は極夜ではなく三月から五月の明るい時期にグリーンランドからカナダに向かうつもりで、昨冬と同じ八十日間かそれ以上の期間、兎や魚を捕りながら、なるべく食料を現地調達して旅したいと思っている。極夜探検での反省があったので、できれば衛星電話なしでこの長期旅行を試みたいのだが、さすがに反対されるだろうなぁと思い、なかなか妻に切り出せずにいた。でも先日、何気なさを装いつつ聞いてみた。

「来年はさあ、電話持って行かないで連絡なしでもいい？」

「……」と最初は無言。

「まあ明るいから平気だよ。電話なんか持って行ったって、死ぬときは白熊に襲われるか、氷を踏み抜いて海に落ちるかだから、どっちにしても即死だから電話があっても全然意味ないんだよね」

とまあ色々述べ立てたところ、意外なことに妻はあっさりこう言った。

「ふーん、あ、そう。わかった」

絶対反対されると思っていただけに、ちょっと拍子抜けした。

理由を聞くと、予定していた連絡日に電話がないと逆に心配になるから、とのこと。そんなもんかと思ったが、逆にこっちが少し心配になった。この人、俺のこと全然心配じゃないのだろうか？　それはそれでちょっと困るのである。やはり衛星電話はジレンマを深める罪深きテクノロジーのようだ。

カマキリとボルボ

住み慣れた都心をはなれて鎌倉に引っ越し、はや二カ月が経った。

移住先は鎌倉駅から江ノ電に乗って四つ目、極楽寺という駅から歩いて十分ほどのところにある一軒家である。家は低山里山のすぐ際にあり、二メートル裏には竹林の急傾斜地が切り立っている。当然のように土砂災害警戒区域の範囲内だ。

引っ越してきてまず驚いたのは、カマキリの多さだ。

しかもカマキリの王、オオカマキリである。秋はオオカマキリの繁殖期にあたっているようで、引っ越してから一カ月ほどは家の壁や地面のあちこちがオオカマキリだらけだった。

私の出身地は北海道。じつは北海道はカマキリの生息エリアの北限を越えており、大学に入ってからは都心での生活が長かったので、私にはカマキリという生き物を見た記憶がほとんどなかった。もしかしたら鎌倉に来るまで一度も見たことがなかったかもしれない。

私も小さいころは虫が大好きで、近所でバッタやコオロギや妙な芋虫を捕まえて籠で飼ったものである。しかしカマキリはいなかった。しかもカマキリはかっこいい。両手に鎌をもったそのフォルムは、いかにも捕食者然としており、子供にとっては憧れの昆虫の一つだ。子供のころの私は、昆虫図鑑を見てはカマキリを見てみたい、捕まえたいとため息を漏らし、憧れていた。その憧れの昆虫が自宅のまわりで大量に発生しているのである。

最初に家の近くで見たときは、おおお、オオカマキリとはこんなにデカいのかと興奮した。しかも大人の目から見ても十分にかっこいい。さっそく腹のあたりをつまんで捕まえると、カマキリは私の指から逃れようと抵抗し、その自慢の大鎌を指に振り下ろした。子供のころは昆虫図鑑を見て、こいつに攻撃されるときっと鎌で指を切られて血でも出るにちがいない、ひえぇ、と密かに恐れていたものだが、実際にやられてみると先端のギザギザが引っかかるだけで痛くもかゆくもない。ふははははは。カマキリ、恐るるに足らずである。

そんなこんなで十月いっぱいは、カマキリを見つけては三歳の娘を呼び出し、目の前で見せびらかした。娘の感受性ではカマキリは「かわいい」虫に見えるようで、ダンゴムシとともに、彼女が肯定的な感情で接することのできる数少ない虫の一つにリストアップされている。セミとかトンボはよく見ると気色の悪い顔をしているが、カマキリはどことなくメタリックで洗練された機械みたいな感じがして、あまり嫌悪感を抱かないようである。ただ、虫類をことのほか苦手とする妻はカマキリを見るたびに「ヒイエエエエッ！」と絶叫をあげて失神しそうになり、隣のおじさんから「昨日も絶叫が聞こえたけど、何かあったの？」と心配されている。来年はぜひ、大きな虫籠を買って大量のカマキリを飼育したいと考えているが、妻を説得するのはかなり難しそうである。

カマクラとカマキリ。発音も似ており、私にとってこの町の第一印象はカマキリの多い町というものだった。

カマキリの次に多くてびっくりしたのが、ボルボ二四〇ワゴンである。昆虫の話ではなくて、自動車のボルボのことだ。

二四〇はボルボが一九七四年から九三年まで製造していた車種で、ごつごつとした角ばった形状と、目玉のライトが異様にデカく、ボルボといえばこれ！　という、とても個性的な外観をしているので知っている人も多いと思う。

このボルボ二四〇が鎌倉では異様に多い。車で街中を走ると一日に一回は見かけるぐらいたくさん走っている。プリウスなどとちがい、ボルボ二四〇のような車にとって、一日に一回見かけるというのは、考えられないほどの高率だ。というのも、だいたいこういう古い外車は燃費は悪いし、国内では部品のストックも少ないので故障したときの修理が面倒で高くつくので、一般人からは敬遠されがちで、現行で市販されている乗用車のラインナップに満足できない一部の趣味人向けの車だからである。そのなかではボルボ二四〇はわりと人気の車種なので、東京でもしばしば見かけたが、それでも月に一回ぐらいのものだった。それが鎌倉の公道では毎日のように見かける。カマキリなみの頻度で見かけるのだ。

これはとても困ったことである。というのも、じつは私の車もボルボ二四〇だからである。

私はべつに車マニアではなく、どちらかといえば車なんか走れば何でもいいという、さほどこだわりのない人間なのだが、そのような性格の私がボルボ二四〇のような趣味人向けの車を買ったのかというと、それには実際上の理由があって、その理由とは駐車場の問題だった。

以前、私が住んでいた都心部の駐車場代は三万から四万は当たり前というとんでもない賃料が相場なのだが、じつはそれは平場の駐車場の相場で、ビルの内部に入っている古い回転機械式の駐車場は二万円台と、わりと安かったりする。ただしこうした回転機械式駐車場はサイズ制限があり、現行モデルの乗用車であれば、通常はデミオとかヴィッツのような小型車しか入らない。だから賃料が安いわけだが、ところが調べてみるとボルボ二四〇は車体が異様に長いことを除けば、意外にも車幅は狭いし車高も低い。おまけに古い車で構造もシンプルなので重量も軽く、こうした回転機械式駐車場にもすっぽり入るのだ。ということから、ボルボでも買うかと悩みはじめたちょうどそのとき、賃料が二万円ポッキリという近所の駐車場のチラシが、わが家の郵便箱に投函された。周辺の相場を考えると、これは驚天動地の安さであった。しかも二四〇はか

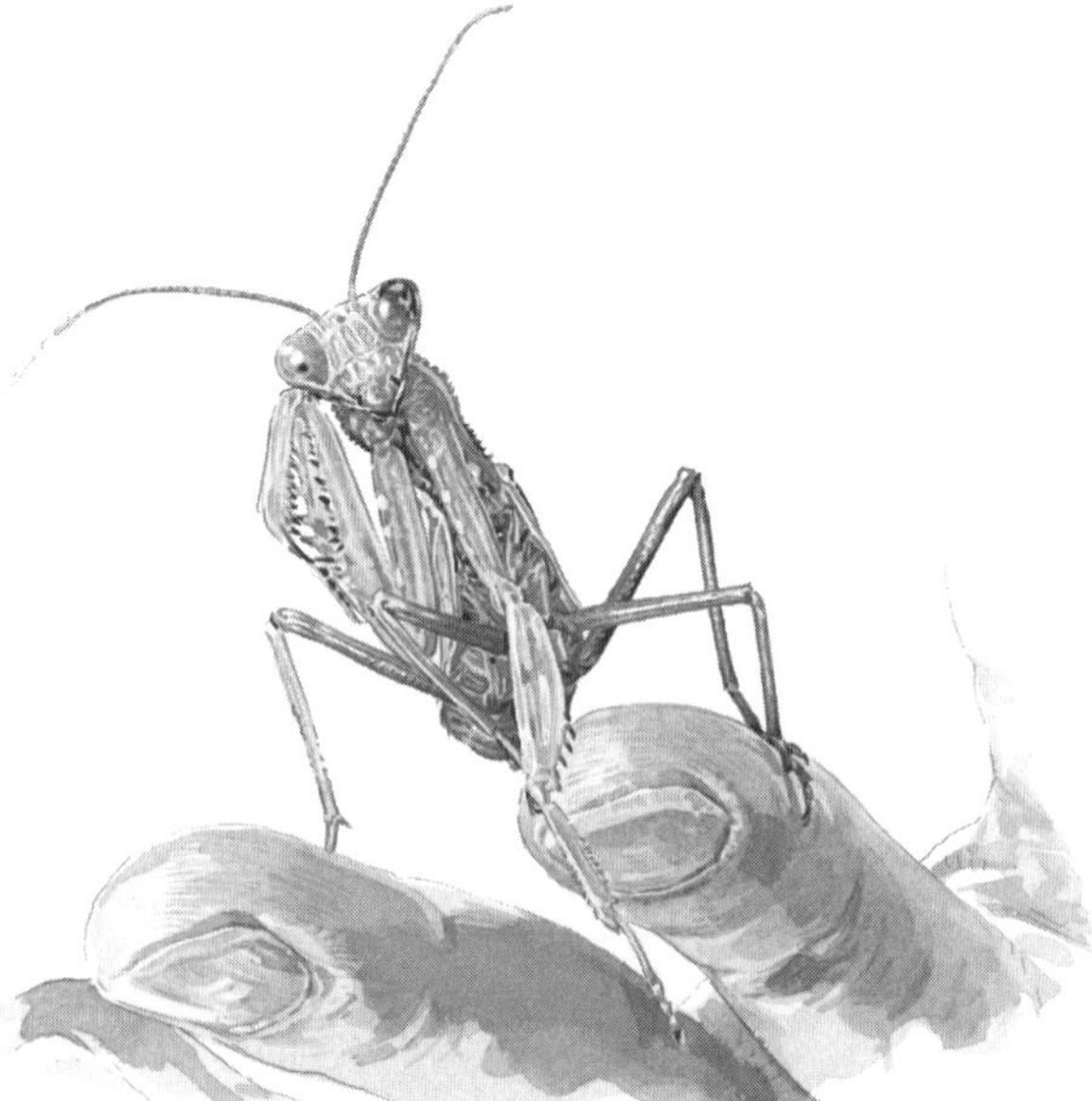

11月下旬、冬の寒さのなか、久しぶりに玄関前でオオカマキリを見た。左後3脚がちぎれており、満身創痍である。

っこいい。カマキリなみにかっこいい。ということでまだ都心に住んでいた時分に、勢いでボルボ二四〇を買った経緯があったのだ。

ネットを見るとボルボ二四〇は故障がつきものというユーザーの声が多いが、実際に乗ってみると案外快調で、その個性的な顔立ちもふくめて私はかなり気に入っていた。愛車といってもいいだろう。ところが、その個性的なはずの車が鎌倉ではわんさか走っており、逆に没個性の象徴のような車に変質してしまった。プリウスのようなもともと没個性的な車なら他にたくさん走っていても普通なことだが、ボルボ二四〇のような個性を狙った車が向こうからやってくると、よくわからないが、お互い少し恥ずかしい思いですれちがうことになる。妻の報告によると、娘がかよう幼稚園だけでも、すでにわが家とは別に二四〇を二台見かけたという。

このように鎌倉という町はカマキリとボルボがやたらと多い（もちろん仏像やサーファーや観光客も多いが、それは言わずもがな）。それが今のところの私がこの町に対して持っている印象である。

部則

　年末に関東学生探検連盟という組織の後期総会があり、そこで講演をする機会があったため、探検部時代の思い出や、卒業後にしばらくこだわっていたチベットの峡谷地帯の探検のことをテーマにした。チベットのことを話すのは久しぶりだったこともあり、ついつい脱線をくりかえし、一時間半の予定が二時間近くも話すことになってしまった。

　講演終了後、近くの居酒屋で懇親会があるというので私も参加した。そこで後輩である早稲田大学探検部の学生たちと酒席をともにしたのだが、彼らの話を聞いていて少し驚かされることがあった。不思議なことに彼らはどこを探検するか、どんな探検をするか、ではなく、部則のことばかり話しているのだ。

　今の現役部員にとって部則の扱いはとにかく大きな問題らしい。それはたとえば〈一泊ミーティング〉の場に現われるという。早稲田の探検部では幹事が代替わりするときに会議室を一晩借り切って〈一泊ミーティング〉というのを開くのが昔からの慣例になっている。二十年前、私が学生だったころの〈一泊ミーティング〉といえば、活動の主体となる二年、三年生の部員が次の探検計画を披露して、それに対して四〜八年生の現役ＯＢといわれる長老連中が「そんなもののどこが探検なんだ」と厳しいツッコミを入れて議論し、そのうち眠くなってそのへんで皆ごろごろしはじめ、特に結論も出ないまま朝に散会となるのが普通だった。要するに心意気を語り、探検論を戦わせる場であったのだが、今は部則をどのように改訂するのか、つまり組織の事務運営についての議題が中心を占めているというのである。

二十年経つとこうも変わるものか。時代の息苦しさは、変人が集まる探検部という社会の吹き溜まりみたいな学生組織にまでおよんでいるのか、とため息がもれそうになった。そして、今の学生は部則なんかあって大変だな、俺の時代なんか部則なんて……と当時を思いかえしたのだが、そのときに、ん？　部則？　と不意に思いいたることがあった。そういえば部則って、俺が作ったんじゃなかったっけ……？

そう、今の現役探検部員を苦しめている元凶である部則は、じつは私が策定したものだったのだ。

もちろん部則なんぞ私だって作りたくて作ったわけではない。ある大きな遭難事件が起きて作らざるをえない状況に直面したのである。

その事件とはアマゾン事件である。一九九七年夏、われわれの仲間であった伊東千秋君と宮下尚大君という二人の三年生部員がアマゾン川を筏で下るという企画を立て、ペルーにむかった。しかし帰国予定日になっても二人からは全然連絡がこない。のこされた部員が対策本部を設置し、ＯＢと協力して捜索活動を開始したのだが、結果、二人がアマゾン川沿いにあるペルー国軍の兵士たちにより殺害されていたことが判明したのだ。

友人である二人が死亡するという事態に、われわれは大きな衝撃を受けた。だが、ペルーの国家権力そのものである軍兵士が、何の咎《とが》もない日本の民間人学生を殺害したという事件の構図が、この事件を実際より大きなものにして、われわれをのみこんでいった。連日、新聞やテレビで大きく報道されただけでなく、取材対応や記者会見がつづき、OBが当時の橋本龍太郎首相の対応を糾弾したことが関係者の間で大きな紛糾を巻き起こし、事件は〈学生部員二人が死んだ〉という意味を超え、政治をまきこみつつ、焦点をかすませながら巨大化していった。

部則を作ることになったのは、この事件がおおむね一段落ついたころだった。当時、探検部の部長は法学部のS教授が任についていた。おそらくS教授としては、今までみたいに自由なのもいいけど、これだけ事件が大事《おおごと》になった以上、今後は組織としてルールに則って運営されている姿勢を対外的に見せていく必要があるだろうから、一応、かたちだけでもいいので部則をまとめるべきだ、と考えたのだと思う。実際にそのようなことをいわれた気もする。S教授は、現役部員のリーダーである幹事長という役職にいた私に部則を作るよう指示した。私は内心、どうかなと思ったが（というのも、何しろ探検部というのはルールに縛られるのを嫌がる部員ばかりだった）、「慣習で行われてきたことを文章にまとめるだけでいいから」とS教授が言うので、まあそれなら実体が変わるわけでもないし……としぶしぶ了解し、ワープロを借りて一晩で、正直かなり大雑把な感じでたたき台を書きあげた。

もう何を書いたか細かなことは覚えていないが、〈総則、第一条……〉みたいに外観は厳かな感じを装っているが、中身は、春には春合宿、秋には秋合宿を行い、幹事交代時は一泊ミーティングを開き云々といった当たり障りのないことばかりならべて、部員の活動を縛るような項目は一切設けなかったはずである。そのせいか、私のたたき台は部員から大きな異論や反論を受けることなく部会を通過し、部則として正式に施行された。正直いって今はアマゾン事件の後だから必要だが、二、三年してほとぼりが冷めたら、こんなものはただの紙屑になって、ファイルケースのなかにあることすら忘れさられるだろう、と甘く考えていた。

ところが、私が一晩で書いたその大雑把な部則が、二十年経った今、強大な監視機構となって部員たちをぎゅうぎゅうに縛りあげているらしい。彼らの話を聞きながら、私は文字化というのは本当に恐ろしいものだと思った。私が書いた時点で部則に実体はほとんどなかった。それまでの慣習を文字化しただけなので、現実としての活動内容に変化はなかったし、策定後もその取り

イグルーを作るイヌイットのおじさん。今年も二月からグリーンランドへ旅立つ予定。

扱いについて部内で議論されたこともなかった。作ったあとは皆、忘れてしまった。しかし、融通無碍だった慣習は、文字列というかたちで記されただけで独り歩きをはじめ、固定化し、策定者が意図していなかった、いや、想像すらしていなかった強制力を帯びるようになった。この見えない力は時間がたつほど大きくなっていき集団を統治し、管理する。一度、策定されてしまうと、それは個々の部員の力のおよばないものとなり、改訂するには合意形成が必要となるだけに、集団のなかで部則の意図や権威は高まっていく。権力というものの源泉を見る思いだ。

まったく申し訳ないことをしたという気持ちでいっぱいである。あのとき、私がS教授の提案に反対し、「探検部に規則は必要ありません」と敢然と突っぱねておけば、こんなことにはならなかったわけだ。

自分で作っておいて何だが、現役の学生にはぜひ部則を廃止するという英断をくだすことを期待している。あれはそんなに意味のあるものじゃないんだから。

なんとか犬を連れてきたいが……　その1

私はグリーンランド最北の村シオラパルクで犬を一頭飼っている。ウヤミリックという名の雄犬で、二〇一四年一月にはじめて村を訪れたときに村人から購入した。体重は推定で四十キロ。身体が大きく、人懐っこくて、何よりとてもかわいらしい顔をした立派な犬だ。これまで三度の遠征で一緒に橇を引いてきた、私にとっては極地の旅では欠かせない相棒である。

飼っているといっても、当たり前のことだが、私がいない間は、面倒は村の人にみてもらっている。冬になると毎年、極地探検家の山崎哲秀さんが村で犬橇活動をつづけているので、彼の犬橇チームに混ぜてもらい、夏は村人に給餌してもらっている。

もともと普段はグリーンランドでキープして、旅に出るときに自分が使うつもりで購入した犬だった。それに犬の役割は白熊への番犬と橇引き、つまり労働犬で、ペットとしてかわいがるつもりは毛頭なかった。あまり変にかわいがると甘ったれて仕事をしなくなるのではないかと考え、とりわけ買ったばかりのころは犬とは一線を引いてイヌイットみたいに厳しく躾けるぞ、という気負いが非常に強くあった。そのため、旅の途中で橇引きをサボると、それこそ拳でぶん殴るなど、かなり厳しく当たっていたものである。

しかし、何度も一緒に旅をするうち、やはり親愛の情が芽生えてくる。この犬とは厳しいブリザードを何度も越えたし、特に昨冬の極夜の探検では太陽の昇らない暗黒の冬を八十日にもわたって彷徨した。排泄中に尻の穴をぺろぺろと舐められ一線を越えたこともある。極夜探検の途中では食料が足りなくなり、犬は死にかけ、私は死んだ犬の肉を食って村に帰ろうと決意するような事態にも陥った。いろいろあって犬は死なずにすみ、もしそのへんの顚末を知りたい方には『極夜行』という本を読んでもらいたいのだが、要するに私は今、この犬に深い愛着を感じており、これからもできるだけ長い間、一緒に旅をしたいと望んでいる。

旅をつづけるといっても、いろいろと難しい問題がある。もうグリーンランド北部は何度も通ってちょっと飽きたので、次はカナダで大きな旅をしたいのだが、でも犬がいるのはグリーンランドだ。同じ北極圏とはいえ、シオラパルクとカナダの私が旅したい地域は途轍もなく距離が離れており、飛行機の路線の問題もあって、犬を移送するのは現実的ではない。思い悩んだ末に、私はそれならいっそ日本に連れてきたほうがいいんじゃないかと考えるようになった。日本で飼えば、カナダにも連れて行くことができるし、国内の山も一緒に登れる。北海道の天塩《てしお》山脈あたりなら地形的にもかなりなだらかなので、それこそ狩猟免許をとって、春にスキーで一緒に橇を引けば北極でやっているのと似たような長期旅行ができるにちがいない。これは面白そうだ、うひひひひ、ということになり、昨年暮れあたりから突如、わが家の中でウヤミリック輸入計画が議論されはじめたのだ。

ただ、寒冷地に適応したグリーンランド犬を鎌倉のわが家で買うことには、さすがに躊躇《ためら》いがある。当地の蒸し暑さを考えると、夏は家のなかに閉じこめて二十四時間冷房をかけっぱなしにするしかないだろうが、これまで荒野に近い村で外飼いされていた犬が家のなかに閉じこめられたら、どうなるのだろう。ストレスで全身の毛が抜けて皮膚病で水疱や膿腫におおわれるかもしれない。というか、死ぬんじゃないか？　それに家中が糞尿まみれになる。犬の飼育に詳しい妻は、もう四歳になった犬にゼロから躾を施すのは無理だろうという見解だ。たしかに私の犬は、あまり賢いほうだとも思えず、トイレの場所をおぼえてくれるか、大きな疑問がある。それに何よりあの狼のような変な遠吠え……。あの遠吠えをこの閑静な地域でやられたら確実に近所迷惑でもあるだろう。

犬のことを考えたら、当然、シオラパルクで暮らすのが一番幸せなわけで、日本に連れてきたいというのは完全に私のエゴである。私としてはエゴはエゴとして認めて、犬には私のエゴを受け入れてもらい、エゴを貫きとおすつもりだったが、しかし鎌倉で飼うのはさすがに虐待のレベルに達しているのではないかという気がして、決断しかねていた。

ところが、そんなふうに日本への持ちこみを決めかねていた正月のある日、大学探検部のOBと飲んだときに、ふと、いい話を耳にした。OBの話によると、かつてアラスカで猟師をしていた探検部の同期がいて、今は北海道の朱鞠内で農家をして犬橇もやっているという。もちろん私の頭には即座に、その人に自分の犬を預ければいいのではないか？　という手前勝手な閃きが走った。

すぐに電話で連絡をとると、朱鞠内のOBから訊かれたのは、犬橇に使ってもかまわないか？　というとてもマイルドな質問だけ。もちろん私の犬は犬橇仕様の犬なので、むしろガンガン使ってもらいたい。普段は朱鞠内で世話してもらい、カナダや天塩山脈を旅するときに私が使うというかなり虫のいい条件も、許諾してくれた。

私も北海道出身。朱鞠内という地名を聞いたとき、私は、恥ずかしながら道産子であるにもかかわらず、朱鞠内がどこにあるのか知らなかった。朱鞠内という地名は知ってはいたものの、〈シュマリナイ〉ではなく〈シマリナイ〉と勘違いしておぼえていた。てっきり〈シマリナイ〉だと思っていたので、ネットで〈シマリナイ〉と検索したところ、驚いたことに〈シマリナイ〉は〈シマリナイ〉ではなく、じつは朱鞠内であったのだ。だが、それよりもっと驚いたことがあった。朱鞠内は道北の幌《ほろ》加《か》内《ない》町《ちょう》にあるのだが、その場所は私がかねてからもし犬を日本に連れ帰った暁には一緒に

昨冬の極夜探検から帰国した後、シオラパルクの山崎哲秀さんからウヤミリックの写真が送られてきた。探検中は痩せていたが、すっかり回復したようである。

歩いてみたいと思っていた天塩山脈の麓だったのである。

朱鞠内なら冬は氷点下三十度近くに冷えこむこともあるし、夏も本州のように蒸し暑くなることはない。シオラパルクに近い飼育環境は整っている。残雪期になれば、自分が北海道に行くだけで犬と一緒に長旅を楽しめるのである。

何という奇遇であろうか。これはもはや今後も犬と旅をしたいと望む私の意志に神がご配慮してくださった奇縁、僥倖《ぎょうこう》としか考えられない。このような奇縁を生かさない手はなく、こうした機会に的確に反応することで、人生はより面白い方向に転がることになっている。

よし、準備は整った。あとは事務手続きだけだ。そう思い、具体的に調べはじめたところ、海外から犬を輸入するには巨大で困難な壁が立ちはだかっていることを私は知ったのだった。

なんとか犬を連れてきたいが……　その2

犬を日本に連れてくるために越えなければならない巨大で困難な壁。それは狂犬病関連の検疫手続きである。

インターネットで検索すると「指定地域以外から日本に犬・猫を輸入するための手引書」という農林水産省動物検疫所の文書がすぐに見つかるが、それによると、犬を輸入するためには、まず①個体識別のためのマイクロチップを犬の皮下に埋め込む、②狂犬病の予防接種を二回打つ、③採血をして血液を指定検査機関に送り、狂犬病の抗体反応検査をおこなう、④採血をした日から最低で百八十日間は国外で待機しなければならない、という四つの項目をクリアし、なおかつそれにかかる費用は輸入者が負担しなければならないと定められている。

以前からこの文書にはざっと目をとおしていたので、規則自体はおおむね知っていた。犬のいるシオラパルクは、獣医どころか人間を診る医者もいない。狂犬病のワクチン接種ぐらいはしてもらえるが、その他の作業はたぶん無理であろう。この農水省の条件をクリアすることはほぼ不可能と考えられる。だから前々から、もし本当に犬を日本に連れて帰るとしたら、条件をクリアしない状態で連れて帰ってきて百八十日間の係留検査を受けるしかないと、漠然と考えていた。

しかし文書だけでは具体的なことはわからない。ひとまず成田空港の検疫所に電話で色々質問し、その後も何度かやり取りしたが、話を聞くうちにこれは予想以上に大変な作業になりそうだとわかってきた。予防接種は二回必要なのだが、その間隔も三十日以上あけなければならないとか、抗体検査の採血も一回目の予防接種が効いているか確認するためのものなので、二回目の予防接種の後にやってはダメだとか、とにかく細々《こまごま》と手順が厳密に定められており、そこから外れることは認められないらしい。検疫所の職員によると、現在の日本には狂犬病という病気は存在しないらしく、ウイルスの侵入を防ぐための水際作戦が徹底されているのである。カナダなどは一回予防接種したらいいだけなので、雲泥の差だ。日本の検疫の厳密さと例外を認めない官僚主義に、私は彼らの執念すら感じた。

ただ、マイクロチップや予防接種は何とかなりそうだった。一度目の予防接種はすでに一昨年に三年有効のワクチンを済ませていたし、シオラパルクの山崎哲秀さんに確認したところ、マイクロチップの埋めこみも今年一月にすませてくれたという。

最大のネックは採血にともなう百八十日間という係留期間だ。

仮に先ほどの四つの条件を完全にクリアできずに日本に犬を連れて帰ってきた場合、その犬は入国できずに百八十日間フルに留めおかれることになるのだが、その間、犬がどこに留めおかれるかといえば、検疫所が指定する民間のペットホテルだというのである。このペットホテルに電話で尋ねたところ、費用は餌代こみで一泊三千六百～九百円（犬の体重により価格は異なる）。ウヤミリックは大型犬だ。仮に一泊三千六百円だとして計算すると、係留費用だけで百八十泊分、約六十五万円にも達する。これに輸送費を加えたら犬の輸入費用は百万円前後となり、とても払える額ではない。検疫所の職員も「費用がかかるので、皆さん手続きを国外で終えて輸入します」と言う。それに係留中の状態も気にかかるところだ。犬には個室があたえられ、飼い主は面会できるというが、これまで野生に近い環境で暮らしてきた狼みたいな犬が半年間も部屋に閉じこめられて精神的に平常を保っていられるのか、かなり疑問である。

ただ、可能性はゼロではないとも思った。抗体反応の百八十日間というのは採血した日から起算されるものなので、私がシオラパルクに到着して、すぐに採血できれば期間は短縮される。なぜなら採血してから犬と一緒に三カ月ほどグリーンランド北部を旅すれば、そのぶんの期間が消化されることになるからだ。村での準備や旅を終えた後の飛行機待ちの日数を入れれば四カ月ほどは短くなるはずで、ペットホテルの費用も二十万円ぐらいに抑えられるだろう。犬を連れて帰るにはもうそれしかないと私は考えた。

村には獣医はいないため自分で採血するしかないが、山崎さんによると村には採血用具は用意されていないという。どうしようか困り果てていたところ、山崎さんから有望な情報がよせられた。二月中旬にシオラパルクで狂犬病の予防接種が実施されることになり、別の町から係官がやって来るというのだ。

この係官に予防接種と一緒に採血してもらえれば、問題は一気に解決する。この係官がどこの機関の所属なのかはわからないが、おそらく南部のイルリサットという大きな町の検疫当局の獣医である可能性が高い。私はすぐにイルリサットの獣医にメールで連絡を入れた。グリーンランドの人たちはのんびりしており、メールを出しても全然返事がこないので、やきもきさせられたが、何度も国際電話で催促するとようやく返事が来た。しかし、それによるとイルリサットの検疫当局ではシオラパルクに獣医を派遣する予定はなく、首都ヌークの獣医もその予定はないという。

そんな馬鹿な、何であんな小さな国の犬の検疫事業を当局が把握していないのか。釈然としなかったが、何度か連絡を取りあううちに、イルリサットの獣医は、その予防接種は地元自治体の事業ではないかと言い、その地元自治体と連絡が取れるメールアドレスを教えてくれた。私はすぐにそのアドレスに事情を説明した英語の文章を送ったが、またしてもなかなか返事がこない。

時間だけがいたずらに経過し、予防接種が実施される二月中旬が近づいてきたため、

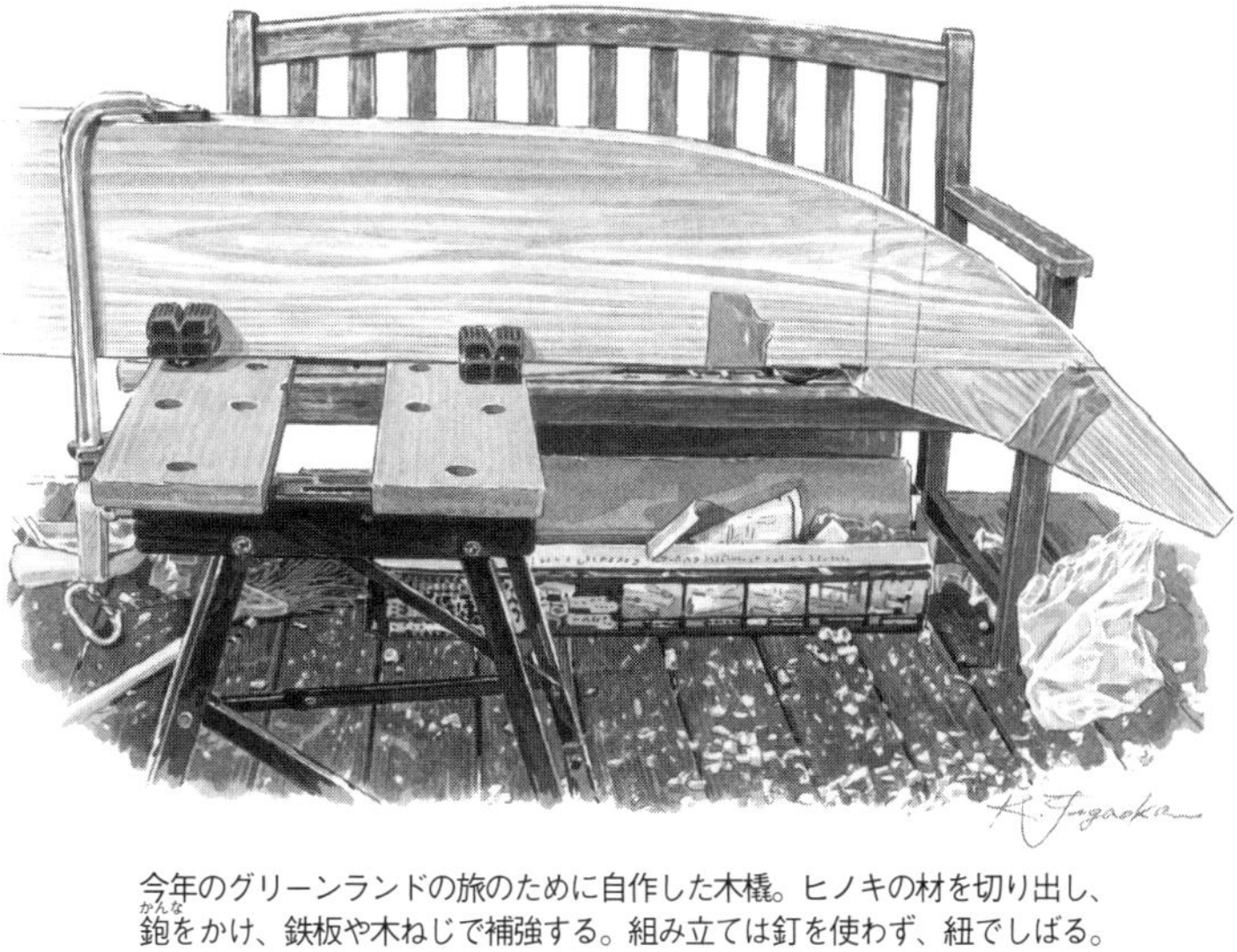

今年のグリーンランドの旅のために自作した木橇。ヒノキの材を切り出し、鉋《かんな》をかけ、鉄板や木ねじで補強する。組み立ては釘を使わず、紐でしばる。

私はもうこの路線はあきらめ、やはり村に行ったときに自分が採血するしかないと考えを改めた。日本の検疫所に確認すると、手続きとしては血液から正しく抗体反応が出ればいい話なので、誰が採血してもそこは問わないという。だから私が採血しても（できるかどうかは別として）、基本的に問題はない。ただ、獣医以外の者が採血すると抗体反応を調べる検査機関からはねられる可能性があるので、まずは検査機関に確認してもらいたいとのことだった。私は日本政府が認可した英国の検査機関にその点を尋ねるメールを出した。

日本、グリーンランド、英国。各国の様々な機関からたらいまわしにされたが、結局、英国の検査機関からの返答は、獣医以外の人間が採血してはダメというものだった。これで自分が採血するという道は事実上、断たれたことになる。

さらにその直後の二月中旬、予防接種するというグリーンランドの自治体関係者からようやく返事が来たが、そこにも残念ながら「予防接種の担当者は獣医ではないので採血はできない」との旨が書かれていた。

現在、日本を出発するまで残り十日だが、完全に八方塞がりとなりお手上げの状態だ。もはや犬を連れてくるには六十五万円の係留費用を負担するしかなく、本がベストセラーにでもならないかぎりちょっと考えにくい状況となっている。

人生の最盛期は四十代

今年（二〇一八年）もグリーンランド北部で長い漂泊旅行を終えて五月三十日にシオラパルクの村に帰還した。行動期間七十五日。昨年の極夜探検の八十日にはおよばないものの、暗黒の極夜とはちがい明るい白夜が中心だったこともあり、ほぼ連日フル行動。移動距離も昨冬の四百五十キロから八百五十キロと倍近くとなり、体重が十四キロ減るハードな旅となった。

今、帰国途中のカナックという隣町で原稿を書いている。栄養を充塡し、ひたすらベッドでごろごろする毎日だが、まだ身体に脂肪の厚みは感じられず、筋肉の上に薄皮が一枚はりついただけだ。福島千里ばりに腹筋は割れており、皮のしたの血管が透けて見える。こんなに痩せたのは生まれてはじめてのことだ。

二〇一四年に初めて同地を訪れてから、毎年のように橇を引き、カヤックを漕いで同じ地域を旅してきた。グリーンランドに通いはじめたそもそもの目的は、暗黒の極夜を探検することで、その旅は昨冬に終了したのだが、それにもかかわらず私は同じ土地を長々と彷徨い歩いている。

読者の中には同じ場所ばかり訪れて何が楽しいんだろうと不思議に思う人もいるだろうが、逆に私の中では、旅を重ねるごとに、新しい土地を一度通り過ぎるより、同じ土地を繰りかえし訪ねたほうが、その土地の深い部分を知ることになり面白いと感じるようになってきた。グリーンランド北部は兎が多かったり麝香牛の生息地となっていたり、食用可能な水鳥の繁殖地になっていたり、北極岩魚が捕れたりと、場所によりその相貌を著しく変化させる。そうした各々の土地の知識は、自分で足を運んで現場を確認し、実際にそれらの動物を狩り、旅の食料の一部とすることで、人伝に聞いたただの情報からランクアップして経験知として骨肉化される。通えば通うほど骨肉化された土地はネットワーク化されていき、私が利用できる土地の領域は広がっていく。北緯七十八度から八十一度にかけての、グリーンランド北部の極北地では、今、角幡唯介だけの世界が人知れず網の目のように張り巡らされていっているのである。こんなに面白いことはない。通えば通うほど、私はさらに通って、この自分だけの網の目をさらに緻密にし、より遠くにまで広げたいという気持ちが強くなっている。

もちろん同じ土地に通うといっても、まったく同じルートをトレースするわけではない。独自の世界の領域を広げるためには、これまで足を運ばなかった地域の探検が欠かせない。探検して新しい土地の知識をえて、それを契機にさらに先の土地に足を延ばす。時間をかけて連続的、継続的に行動をつづけることで網の目は広がる。今回は旅行しやすい白夜の時期だったこともあり、これまでの最北地点から二百キロ以上北の地域まで踏査し、〈角幡極北ネットワーク〉の面的広がりは一気に増すこととなった。

＊

その旅の途中でのことだ。私は、これからの人生を決定的にかえるかもしれない、ある啓示的な閃きをえることとなった。

じつは今回の旅に出る前、私はモチベーションの著しい低下に悩んでいた。四年間もの準備期間をへて実行した極夜探検が終わり、今後の活動の方向性を見失っていたのだと思う。今書いた土地云々という話も、出発前は私の内部でそこまで明確にテーマ化されておらず、土地の世界化を進めたところでそれが今後どのようなかたちに結びつくのか、明確な見通しを持てていなかった。正直言って出発前は、長期の本格的な極地旅行はこれで最後かもしれないとさえ考えていた。犬を連れて帰るのにあれほどこだわったのも、極地の旅が最後になることを、どこかで意識していたからかもしれない。

ところが旅をする中でそれが劇的にかわった瞬間があった。それはこれまで何度も通ったイヌアフィシュアクという場所から北に向かい、フンボルト氷河という、過去に足を踏み入れたことのなかった巨大氷河の手前の新氷帯を歩いていたときのことだった。

そのとき、一キロほど先に、春の陽気に誘われ氷上で昼寝をしている海豹の黒い染みのような影が見える。海豹がいた場所は進行方向から大きくずれていたが、食料不足の懸念があった私はゆっくり接近をはじめた。だが五百メートルぐらいまで近づくと、海豹は私の存在に気づき海中と氷上との移動通路となっている穴に姿を消した。激しく落胆して私は移動を再開したが、しばらくすると今度は別の方向に海豹の染みが、また見えた。再び接近を試み、そしてまた逃げられる。このようにフンボルト氷河近辺で私は何度か同じことを繰りかえした。

単独での人力橇行は海豹狩りには不向きだ。橇を置きっぱなしにして接近すると、橇が白熊に襲われる心配があるし、かといって海豹を求めてあちこち橇を引いて歩けば体力の消耗が著しい。それに目的地にも近づかない。しかも、昼寝をしている海豹を捕るには脳天を一発でぶち抜いて即死させなければならず（即死させないと穴に逃げられ海中で無駄に死なせる）、接近できても捕れる可能性は低く、要するにもっと機動力がないと難しい猟なのだ。接近を何度か試みるうち、これが犬橇だったらなぁと私は考えていた。

この出来事がきっかけで私は、この極地で本当に自分が何をやりたいのか明確に理解できるようになった。フンボルト氷河で海豹狩りができれば、今より食料調達が容易になりもっと北の地に進出できるにちがいない。カナダ最大のエルズミア島に渡ることもできるだろうし、あるいは北極海往

フンボルト氷河近くの新氷帯に散在する顎髭海豹の巨大な穴。この穴を使って氷上と海中を往来する。

復という遠大な旅も夢ではない。つまり百年前のエスキモーみたいに、海豹や麝香牛を狩りながら犬橇でこの極北の氷原を自由に旅できる卓越した極地旅行家になりたいことに、そのときはっきりと気づいたのだ。

この卓越した極地旅行家になりたいというイメージのもとに、土地の世界化という観念が統合された。犬橇と海豹狩りに習熟し、さらに遠くの土地に進出することができれば、この極北の地に私だけが知っている土地がいっそう広がっていく。これまで私はいくつかの理由から徒歩による人力犬橇引きにこだわり、犬橇には抵抗をもっていたのだが、今回、人力橇の限界と犬橇の可能性についてはっきりと認識したのである。

一度、新しいことを始めようと決心すると、モチベーションの炎が激しく燃え上がった。ああ、早く来年になって犬橇をはじめたい。一月に訓練し、二月にケケッタ、三月にサビシビクを往復し、四月にフンボルト氷河に行き海豹狩りを練習する。そして次のシーズンには一気にエルズミアだ！ 犬橇なら橇を引いて歩くより、体力が落ちてもつづけられる。少なくとも五十歳までは旅行技術は上達する一方だろう。出発前の悶々とした気分はどこへやら、異様なまでの気分の高揚に捉えられ、しばらく眠れない日々がつづくほどだった。

今、私は過去に例を見ないほどの高い意欲に燃えている。以前、この欄で、人生の最盛期は三十五歳から四十歳で、この期間に最高の仕事を成しえないと人生の意味をつかみ損ねるという趣旨の文章を書いた。今年二月に出版した『極夜行』でもそう記し、この『極夜行』こそ自分の最高傑作になるだろうと公言していた。

だが、舌の根が乾かないうちに何だが、それはどうやら間違いだったようだ。私は現在、四十二歳。人生の最盛期は四十二歳から五十歳であり、自分の最高傑作は次に書く作品となるだろう。私は今、そう確信している。

あとがき

本書と同名のタイトルの連載をアウトドア専門誌『ビーパル』で開始したのは、2013年7月のことになる。写真家の石川直樹君と同誌で対談したときに依頼を受けたのがきっかけだったが、当時は定期的にエッセイなど書いたことがなかったので、月一でネタがつづくのか非常に不安だった。じつはここだけの話、断ろうと考えていたのだが、担当編集者から「石川さんや（サバイバル登山で知られる）服部さんにも連載していただく予定なので、ぜひ」と言われて、私も、よくわからないのだが、それならまあいいかと流されるままに承諾し、結果、連載開始となった。ところが、いざ開始すると石川君の連載も服部さんの連載も全然はじまらない。しまった、だまされた、と気づいたときには後の祭り。かといってやめるわけにもいかず、あれよあれよと五年、六年経ち、今もまだ継続中である。

誰一人として気づいていなかっただろうが、連載初期の頃、細心な私は掲載誌の性格に心細やかな気配りをみせて、内容をアウトドアに限定していた。しかしそのうちアウトドアだけでは話がつづかなくなりそうな予感を強くもち、勝手に、そしてひそかにこの限定を解除、そのときどきに思いついたこと、憤ったこと、認識したこと、家族のこと等々、要するにトータルな身辺雑記に連載の位置づけを変化させた。

すると不思議なことに書くことがとても楽しくなってきた。アウトドアに限定していた頃は何を書こうか常に頭を悩ませ、文字通り頭痛の種だったのだが、限定解除以降はこの頭痛もすっかりおさまり、今は主に日々の思考、雑念のはけ口として多いに重宝させてもらっている。雲霧のようにただよっていた頭の中のもやもやした思考、雑念が言葉をあたえられることできっちり整理され、より大きな思考に発展したことも一度や二度ではなかった。その意味で、この連載は私には非常に有意味で大事な枠となっている。

ちなみに『エベレストには登らない』という挑発的なタイトルだが、特に意図や意味をこめたものではない。連載開始時に担当編集からタイトルをどうするか訊かれて、その場で思いついたものにすぎない。

ただ、このタイトルには私自身の思いがこめられている、ということはいえる。

私は決まりきったやり方や、時代や常識がつくりだす支配的な思考や行動の枠組み、あるいはなんとなくそういうものだよね、しょうがないよねと見なされている固定観念等が好きではない、というより、正確にいえばこれは好き嫌いの問題ではなく、むしろ生理の問題だ。年頃の娘が加齢臭のきつい父親に生理的嫌悪感をおぼえるのと同じように、私は生理的にこうしたものに反発を感じる。そして〈こうしたもの〉なるものを具体的事物に移しかえて言うと、野球なら巨人、政治なら自民党、冒険ならエベレスト、というわけで、私は探検や登山をはじめてからずっと、純然たる生理の問題として、自分は絶対かつ永久にエベレストには登らないと決めていたのである。したがってエベレストには興味ないけどK２には登りたいなぁと思っていたし、もしこの連載が次に単行本としてまとまることがあれば『K２には登りたい』というタイトルにするかもしれない。

話がすっかり脱線したが、要するにこの連載はとくに一貫したテーマのない、ごにゃごにゃっとした連載なだけに私の人間性がストレートに出ており、結果的にその内容がタイトルによくあらわれている。だから個人的にはとても気に入っている、ということである。実際、本書に収められた文章の多くは、『エベレストには登らない』的内容のものに、つまり体制的で当たり前とされる思考回路への批評になっているのではないかと自己評価している。

余計なことをぐだぐだ書いたが、最後にこれまで連載を担当してくださったビーパル編集部の住川亮、加治佐奈子、沢木拓也各氏に心からお礼申し上げたいと思う。

ノンフィクション作家・探検家。1976年、北海道芦別市生まれ。早稲田大学探検部OB。チベット・ツアンポー峡谷の探検を描いた『空白の五マイル』で開高健ノンフィクション賞、大宅壮一ノンフィクション賞、梅棹忠夫・山と探検文学賞、『雪男は向こうからやって来た』で新田次郎文学賞、『アグルーカの行方』で講談社ノンフィクション賞、『探検家の日々本本』で毎日出版文化賞書評賞を受賞。『極夜行』(文藝春秋刊)で本屋大賞ノンフィクション本大賞、大佛次郎賞を受賞。他に沖縄・伊良部島の漂流漁師を追ったノンフィクション『漂流』、『新・冒険論』、『極夜行前』など。最新作は『探検家とペネロペちゃん』(幻冬舎刊)。

エベレストには登らない

2019年12月9日　初版第1刷発行

著者　**角幡唯介**

発行者　水野麻紀子
発行所　株式会社　小学館
〒101-8001　東京都千代田区一ツ橋2-3-1
電話 編集03-3230-5916　販売03-3281-3555

印刷所　大日本印刷株式会社
製本所　牧製本印刷株式会社

装丁　安冨映玲奈
イラスト　つがおか一孝
撮影　田渕睦深

制作　太田真由美
販売　中山智子
宣伝　細川達司
編集　沢木拓也

ISBN978-4-09-366550-6